蘇食记

钟天铎 题

白榆 篆

本书插图由沈民义先生绘制

苏州饮食文化丛书

蘇食記

华永根 著

古吴轩出版社
苏州新闻出版集团

图书在版编目（CIP）数据

苏食记 / 华永根著. -- 苏州 : 古吴轩出版社,
2025. 7. -- ISBN 978-7-5546-2690-0

Ⅰ. I267

中国国家版本馆CIP数据核字第2025D0H134号

责任编辑： 戴玉婷
见习编辑： 沈　雪
装帧设计： 韩桂丽
责任校对： 张雨蕊
责任照排： 吴　静

书　　名： **苏食记**
著　　者： 华永根
出版发行： 苏州新闻出版集团
古吴轩出版社

地址：苏州市八达街118号苏州新闻大厦30F
电话：0512-65233679　　　邮编：215123

出 版 人： 王乐飞
印　　刷： 苏州市越洋印刷有限公司
开　　本： 889mm×1270mm　1/32
印　　张： 7.375
字　　数： 149千字
版　　次： 2025年7月第1版
印　　次： 2025年7月第1次印刷
书　　号： ISBN 978-7-5546-2690-0
定　　价： 68.00元

佳号复谁同，
年年祝岁丰。
更团花、簇满盘中。
——〔清〕凌祉媛

绰约新妆玉有辉，
素娥千队雪成围。
——〔明〕文徵明

西塞山前白鹭飞，
桃花流水鳜鱼肥。
——〔唐〕张志和

梅子金黄杏子肥，
麦花雪白菜花稀。
——〔宋〕范成大

东园载酒西园醉，
摘尽枇杷一树金。
——〔宋〕戴复古

蛤田虾渚都相似，
杨柳荷花误亦佳。
——〔清〕阮葵生

无日江湖不梦思，
秋风七月是归时。
——〔明〕周伦

中秋又及，
正桂子香飘，
拜恩筵实。
一样团团才满，
圻还成十。
——〔清〕陈宝琛

东篱把菊非尘世，
左手持螯可醉乡。
——〔宋〕方回

蒌蒿满地芦芽短，
正是河豚欲上时。
——〔宋〕苏轼

拨雪挑来踏地菘，
味如蜜藕更肥醲。
——〔宋〕范成大

腊酒自盈樽，
金炉兽炭温。
大寒宜近火，
无事莫开门。
——〔唐〕元稹

序

华太师倚在桐桥看风景

沈嘉禄

《吴门新竹枝》曰："三月清斋苜蓿肴，鱼腥虾蟹远厨庖。今朝雷祖香初罢，松鹤楼头卤鸭浇。"旧时苏州人在初夏有吃素斋的风俗，开斋后可以吃荤，就迫不及待地去松鹤楼吃一碗卤鸭面，杀一杀肚子里的馋虫。

华太师说："苏州人爱吃卤鸭，而卤鸭以松鹤楼出品的最佳。"饭店里的师傅每天下午三四点钟赶到钱万里桥运河边的鸭场去挑选鸭子，看毛色、看眼睛、看体形……严苛程度与今天环球小姐选美或有一拼。最后圈中三五十只，由专人将鸭子赶到观前街松鹤楼。鸭子一路上摇摇摆摆走上五六里路，一路走一路排泄，可让腿肉更有弹性。这放在今天是污染环境，但彼时却是姑苏城里一道流动的风景。鸭子进了饭店，休息、喝水，入夜后统一宰杀。半夜子时，万籁俱寂，秘制程序悄悄启动。师傅捋起袖子走上灶台，锅底用竹篾垫底，鸭子仔细叠加，加带皮猪肥膘，还有从店内"蟹脐井"里汲取并经过沉淀的井水。大火烧沸，撇去浮沫，加秘制调料及老卤。接下来便是大火转小火、小火转大火等一套烦琐程序，至拂晓大功告成。改刀装盆，做成卤鸭面的浇头，“色呈枣红，骨肉如泥，鲜洁酥嫩”。但是，顶顶有趣的地方在后面：烧卤鸭的师傅是一个外号为“驼背师傅”的武进人，贵为饭店的“头煤炉”，地位尊崇，手段高超，相当于报社里写社论的主笔。他有三条规矩：一是老卤不许任何人尝味；二是老卤不能带出店外；三是老卤必须日产日清，沥干老卤的渣滓由他亲手投入炉膛化作一缕青烟。这三条规矩确保古方秘而不宣，老字号千金不换。有一次，一个来松鹤楼学习的师傅忍不住偷尝了一口老卤，被“驼背师傅”足足骂了一个饭市，几乎不近人情。

华太师说：“以小说《美食家》名动天下的陆文夫，有名士风度，但把厨师当作自己朋友，对苏州市烹饪协会的工作也十分支持，放下身段为《中国苏州菜》《苏州家常菜》等写序，不收一分稿费。”他有两样苏州风味每年必吃：一是酱方，也就是红烧肉的豪华版；二是咸泡饭，有一位大厨专门为他设计了一款咸泡饭，大米饭加青菜丁、香菇丁、笋丁、咸肉丁、虾仁等，出锅时加几滴麻油和适量胡椒粉。

华太师还说：“立夏开花，中秋结子。”苏州业界到立夏开始做烧卖，进入中秋则改卖汤包。一大早去苏州面馆吃头汤面已成为衡量你是不是真正吃货的指标，但许多人不知旧时苏州吃面还有许多讲究，比如生日面、剃头面、头生面、催生面，再说面浇头，花样经就更透了……

这位华太师，可不是“三笑”里那位酸腐的兵部郎中、翰林院修撰，而是吴中餐饮界受人尊敬的老法师华永根先生。华先生是原苏州饮食服务公司总经理、苏州市烹饪协会前会长、中国烹饪协会饮食文化研究会副主任。目下苏州稍有一点江湖地位的厨师，都是在他手里考取资格证书的，都算他的徒子徒孙。“华太师”这顶冠冕，戴在他头上才“候分卡丝”。

以上引文，只是他在《苏帮菜》《食鲜录》这两本近作中透露的点滴，关于美食，他已经写过十多本书了，有些章节如能转换成苏白，必有苏州评弹中“肉里噱”的效果，令人解颐。

前几年，在吴越美食推进会会长蒋洪兄的引荐下，我拜识了华太师，金风玉露，击鲜烹肥，谈笑风生，相见恨晚。得益更多的是华太师与我每次的会面，他借着食材和时令三言两语的点拨，真让人有醍醐灌顶之感。甚至，我还兴致勃勃地跟着华太师跑了一趟庙港的小菜场！

上周又收到了华永根先生的新作，这是他对清代顾禄所著《桐桥倚棹录》饮食部分内容的注释。《桐桥倚棹录》和作者的另一本更加有名的《清嘉录》一样，是情怀浓浓的掌故笔记，惜墨如金地还原了清代苏州的风土人情与生活细节，堪称特定时期的一部微型百科全书，也是今人研究江南社会生态不可或缺的珍档。顾禄在《桐桥倚棹录》中记录了174道苏州菜点，但比《长物志》《调鼎集》《随园食单》更为简约，未能写出具体制法，致使后人虽有意从中挖掘整理，却常常坠于不同语境所设的云雾之中。比如有人就“拆燉”一则请教了俞平伯和叶圣陶，两位在姑苏出生并生活过一段时日的大师也说不清楚。美食界同仁一致认为，应该有一位对苏州历史、地理、经济、风俗、方言、饮食乃至对外文化交流都相当熟稔的大家出山，方能完成一言九鼎的解读。于是，华永根先生使命必达，以他的专业素养完成了注释。他的行文十分轻松，通俗易懂，略带诙谐，如西窗剪烛，漫说天宝。

华永根1966年高中毕业，去农村“接受再教育”，20世纪70年代初得着机会回城，被分配到了松鹤楼，一步步从基层做起，一直做到店经理，之后又去饮食服务公司、商业局工作。他爱读书，会读书，读破万卷意犹未尽，还一本接一本地写书。有朋友讲，华永根的书柜里光是餐饮类的书籍就有近千册！实践与理论，就成了华永根注释《桐桥倚棹录》的底气与实力。再说一句可能得罪上海人的话：华永根对苏州菜的贡献，比之李伯荣大师对于本帮菜的贡献，更加全面而且有广泛影响。再往深里说，本帮菜的源头之一就是苏州风味，像拆燉、秃肺、煎糟、汤卷、白切肉、八宝鸭、汤黄鱼、烩海参、炒三鲜等今天归在本帮菜名下的经典菜色或湮没于歇浦春潮的传说，在《桐桥倚棹录》里早有记载。那么华永根的这本书，其实也是为海派文化进行曲径通幽的书写。

如今，华太师新作《苏食记》出版，不胜欣喜。翻开此书，那美味的青盐甲鱼、香酥鸭，让人读着读着就馋了。苏州的烟火气藏在碗里，而《苏食记》就是一位老苏州人的舌尖智慧集锦。

目录

把盏开宴

纸上风味

情韵苏馔

悬车回望

江鄉後廚

在当代的餐饮江湖上，金洪男被称为『会画画的烹饪大师』，又是一位『会烧菜做饭的艺术家』。他知道自己找到了一条独特艺术菜肴的创造道路，在这条路上，刀与笔将不再有界限，美食与艺术融为一体。

当红“厨星”金洪男

金洪男是当今烹饪界才华横溢的当红“厨星”，他跨界艺术圈，是一位崭露头角的画家。两者结合，恰如其分，可称为“烹饪艺术家”了。他又称自己为“雅厨”，展现他的自信与魅力。

他的新书《勺园绘事》与读者见面了，我心里真为他高兴。这本书的内容半是菜肴名点，半是绘画书法，告诉读者他不仅是一个厨师，还是一个才艺非同一般的艺术家。这本书是他多年来人生心路的小结，读者也能在“烹调与书画”里品尝到他做出的一道道“人生美食”，领略其中闪跃出的饮食艺术文化！

洪男出书前就请我为他的书写序，我作为他的师父，自然是当仁不让的。多费些时间、用笔墨夸夸自己的弟子，何乐而不为呢？夸好了，我也“水涨船高”呀！其实，我也不需要多夸他，他的业绩水平摆在那里，大家是有目共睹的。亦师亦友的我，就写些只言片语，告诉你们一个真实的厨师金洪男吧！

洪男从小就立志成为一代大厨，进学校，练厨艺，毕业后就职于苏州各大饭店，阅历颇丰，技艺日进，蓄势待发！结识新梅华饭店老板单三男后，他遇到人生道路上的“贵人”为他指点迷津，他如虎添翼，乘势而上，厨艺愈加练熟。不久，他出任新梅华饭店厨师长，刻苦锤炼技艺，各类业绩步步高升。不久，他又荣升为总经理。虽然“官职”在身，但他仍坚守在灶台一线，研发与时俱进的菜肴，创制出的一大批名菜、名品，成为新梅华饭店的“看家菜”，传承了苏帮菜的经典。其名菜名点，一时风靡苏城，名声大噪。

他又与新梅华饭店董事长单正女士联手创办了苏州新梅华餐饮管理有限公司，并担任公司总经理，单正出任董事长。他俩联手亲力亲为，以敏锐的眼光，投入大量人力、财力，切入市场，创办出旗下多个著名饮食品牌店，如新梅华饭店、新梅华茶点、四季阳春、姑苏食景图、半庭嘉宴、江南雅厨等，将品牌系列化、规范化。大小饭店企业发展近四十家，在苏州餐饮版图上，处处有“新梅华”品牌餐厅。与餐饮业相关的“上游、下游”企业乃至大型商业综合体的开发商，都要到新梅华公司来“寻亲访友”，商谈合作。新梅华成为苏州餐饮市场上的“香饽饽”，跃上了一个新的台阶。

当下，在中国多种美食榜单上，如凤凰网“金梧桐”星级餐厅、“橄榄中国餐厅”“黑珍珠”星级餐厅等，都有新梅华、江南雅厨、半庭嘉宴的名号。

金洪男出生在苏州浒关的一户普通家庭里。他从小酷爱画画，参加工作后，仍用心钻研绘画。平时空余时间，他爱好赏石、收藏等。他潜心钻研绘画，涵养性情，涤荡胸怀，在美食与美术活动中总是游刃有余。做厨师是辛苦的行当，夏日，在红火的炉灶边，挥汗如雨；冬日，寒气袭人，因工作需要穿着必须单薄。即使在春秋时节，尤其是节假日，他总与灶台不离不弃，与油烟为伴，为的是做出那一份份可口的饭菜。若是在休息时间，洪男总是拿起笔，驰骋在宣纸上，沉浸在色彩图画里。他常起早摸黑在自己的画桌上奋笔绘画，有时竟画到废寝忘食的地步。在绘画的道路上，洪男是颇具天赋又具灵感的人。与著名书画家吴冠南先生结为师徒后，他的画技得到长进，跳脱出苏州的花鸟细腻画法，进入了一个大写意、奔放纵笔、多彩的境界，故而佳作连连，获奖无数。其书画作品的艺术水准还真不亚于那些职业画家。苏州著名作家、书画家荆歌先生在《不断点亮——旁观金洪男》一文中写道，金洪男对绘画的沉迷，这种疯魔得飞起来的状态，没有让他自满和骄傲，他的精神世界完全被绘画创作鼓舞充盈。荆歌又称，金洪男其实已经是一位特别优秀的画家，未来必然是一位大艺术家！

其实，洪男作为职业厨师，书画是他自身艺术修养的提炼，两者贯通于生活、工作之中。在进入到一个主厨举足轻重的时代里，一家饭店、一家餐厅，一个当红主厨即饭店、餐厅的“灵魂”。他会用自己的艺术眼光，布置出和谐柔美的餐厅，出品具有艺术范儿的菜品，能在烟火气里升华出艺术的色彩，让“不时不食”的节令美食里弥漫着苏州文人的气息，从而征服越来越多的食客及消费者。

在当代的餐饮江湖上，金洪男被称为“会画画的烹饪大师”，又是一位“会烧菜做饭的艺术家”。他知道自己找到了一条独特艺术菜肴的创造道路，在这条路上，刀与笔将不再有界限，美食与艺术融为一体。他曾自称为“江南雅厨”。人们也没想到，洪男又用“江南雅厨”的称号为一家餐厅冠名。经过他的不断创制，推出了“园林里的苏帮菜”“江南文化苏州味道”等特色主题，“江南雅厨”餐厅成为当下苏州餐饮市场上最热门的餐厅之一，真是厨房自有乾坤大，一勺一铲尽风骚。他自己也“圈粉”无数，以个人的魅力率领着一支优秀厨师团队，活跃在苏州餐饮前沿阵地。

我与洪男交往，在生活中，更多在餐厅里、在餐桌上。为人师表，则需注重师道尊严，授人之业，先授以心。做一个好厨师，须先做好人，再烧好菜，这是我一直要求的，洪男也一直身体力行这一主张。在现今餐饮行当中，沉沉浮浮的人真不少。有一位大厨受骗，资金抵押，生活拮据，找到洪男，要他帮帮忙，拿出一些真假难辨的普通字画高价卖给洪男。他二话没说，拿出当年十多万的奖金给那个大厨，帮他渡过难关。在这件事上，我也看出了金洪男心底宽厚、乐于助人的一面。用佛门说法：真是施人与善，广种福田。

洪男为人处世有本，总是低调做人，高调做事。对自己的烹调技艺，从不马虎，专心致志。他不惜钱财去外地接受培训、学菜、交流，有时赶车千里之外去寻找特色食材！在当年新梅华饭店里当总厨时，他研发出品了“千岛湖鱼头汤”，那款菜品汤浓鱼鲜，配上河虾、小蟹、鱼圆，这碗鱼头汤引领了当时苏州餐饮市场的潮流，吸引无数食客来品尝。直至今日，还有众多食客对那碗大鱼头汤念念不忘呢！

在江南雅厨餐厅里，他潜心推出的园林里的方糕，那糕小巧甜糯，用园林、漏窗、湖石、小桥等元素图案做成糕点，备受人喜爱。这种创作灵感来自他临摹《兰亭序》时，以及品赏文徵明《拙政园图》的感悟。烟熏葱烤青鱼，采用古法，却颇具新意，鱼肉紧实鲜美，焦香、葱香、鱼香，引人入胜。还有那款酿蒸深海大黄鱼，酒香扑鼻，鱼肉鲜嫩味美，催人食欲。还有一块以香茅草衬底的酱方，方方正正一大块，颇具气场，好吃又好看。他又运用西餐烹饪方法——分子料理技术进行重构，用活了甜品，创制出如奶酪鸡头米、雪莉慕斯、燕窝银杏等新品。一些大众品种，如牛油果百合，色泽翠绿，颜值颇高；情侣拉糕一红一白两块，更受年轻人的欢迎。他又重金购买一些流行、高档、文气的餐具，以菜配盘。故而，他那里出品的菜肴，造型、色彩、装盘总是那样新颖别致，又讨人喜欢！这种创新不是对传统的背离，而是用现代语言诠释古老智慧。可以毫不夸张地说，他开创了一个城市餐饮新的风貌。

在厨师队伍里，我可谓阅人无数。有一些人庸庸碌碌，靠“花拳绣腿”混了一辈子；也有一些人受不起厨师工作的艰辛，半路退出江湖，转行改业；也有一些人远离犬马声色，数十载如一日，苦练厨艺，匠心在胸，独领风骚。金洪男在我看来属于后者。

苏州饮食文化源远流长，苏帮菜作为省级非遗保护项目，传承创新迫在眉睫。金洪男作为苏州市市级非遗项目苏帮菜制作技艺代表性传承人，重任在肩。他又是承上启下的一代，责无旁贷。我也当尽全力协助他，就像已故作家陶文瑜送给洪男的对联诗句：“吃香喝辣新梅华，传宗接代老恩师。”我俩一起努力吧！

回到正题上，金洪男新著的这本《勺园绘事》，展示了他在传承、创新厨艺道路上一个阶段的成果。那书里美食图片采用全新视觉拍摄，菜点新颖，构图摆盘讲究，仿佛看到了水墨画中的“留白”，有着丰富的层次感，图片美轮美奂。书中图画、图片光彩照人，犹如看到了在案板这张宣纸上重彩叠加的图案。书中又有多位画友、作家称颂他的文章，各抒己见，发自肺腑，写出了他们对洪男在书画、厨艺上传奇经历的认知，实为难得。读者在欣赏、品读之余，定会为之动容喝彩，又能将其珍藏起来。因为你收藏的不仅仅是一本图书，更是一个当红“厨星”采用艺术叠加手法制作出来的当代艺术作品。

把刘锡安大师一生从艺『心路』看成一个故事的话，那刘锡安也是从一个『听故事的人』开始，逐渐成长为一个『讲故事的人』，到最后成了『故事里的人』。他一生只做追梦人，无论是年少还是年老。

奥灶面与刘锡安

刘锡安大师是一位从昆山登上中国烹坛的资深烹饪大师，现今他已步入耄耋之年，堪称功成名就的一代宗师。

这位事业有成、声名远扬的人物头顶桂冠无数。他被中国烹饪协会委任为中国元老级注册烹饪大师、中国名人堂尊师，被人力资源社会保障部评为“国家级评委”“高级烹调技师”，被省政府评为江苏省昆山奥灶面制作技艺代表性传承人，还是苏帮菜宗师。平日里，他精神饱满地走上大学讲台，传授烹饪艺术技能，成为客座教授；又满怀深情地到社区义务传授家常菜点，成为科普活动家。他始终保持一颗匠心，热爱烹饪事业，多次在餐饮发展论坛上分享从业经验，此时他是名副其实的企业家；在厨房灶台旁，他指点江山，又是一位烹饪艺术家。几十年来，他获得各类奖项、聘书不计其数，成为各类烹饪大赛上获得金牌的专业户。

这次，刘锡安大师以口述形式，由陈益先生执笔编撰成书，这是一件鼓舞人心的好事。我能为这本书作序也深感荣幸，感动我的是书中文字表达出的情感，更有一种老骥伏枥、志在千里的精神。

刘锡安出生在西安，其乳名叫“长安”，祖籍山东。父亲是名教师。在他出生不久，父母亲带着他来昆山投亲，无奈当时社会动荡，亲友走的走、逃的逃，一时无法找到亲友，只能在昆山草草落户。为了生存，父亲摆起了小饭摊，勉强维持生计，艰难度日。刘锡安从小吃苦耐劳，曾在昆山玉峰山下放过牛，在酒楼、茶室提篮叫卖过焐酥豆，也曾在昆山正阳桥下扛过面粉袋，在巷头街尾饮食店内拉过风箱、拣过煤渣。小小年纪由于生活所迫，已干过许多大人干的活，真是“穷人的孩子早当家”。13岁那年，他正式开始学徒生活，15岁时已在昆山饮食业中初露头角，被当时昆山烹饪名师徐大麟相中收为徒弟，从此师徒二人成为昆山饮食业中一对模范师徒。在师父提携下，刘锡安的烹饪技术蒸蒸日上。20世纪60年代末，他被派往苏州烹饪技术进修班学习，得到苏州名师张祖根的指点和重点培养。毕业后数年，他又在苏州、上海、浙江等地多家知名饭店实习、观摩，练就一身高超烹饪技艺。技不压身，在不断努力下，他成为一名中西贯通的复合型大厨。回昆山后，他兢兢业业工作。恩师徐天麟又把昆山奥灶面技艺秘籍传授给他，更使他如虎添翼。在平时工作中，他总怀着一份敬重心，做好师父的帮手；在生活上关心师父。即使在多年后师父去世，他仍每年清明、过年祭拜师父，从不间断，树立起尊师的好风范！

20世纪70年代，昆山奥灶面馆一度在生产、经营上面临许多意想不到的困难，有关方面推举正值壮年、技艺超群的刘锡安去当领导，刘锡安欣然受命。到任后，他深入厨房第一线，创制改良许多菜肴品种，恢复传统的红汤爆鱼、白汤卤鸭奥灶面等品种，又严把质量关、管理关、服务关，声誉鹊起，昆山老吃客蜂拥而至。刘大师经营头脑灵活，思维超前，多次到上海、浙江等地主动与旅行社联系，开创“昆山一日游”、吃奥灶面等活动。在他的推动下，大批游客游昆山，吃奥灶面。清晨有时吃客多，有些人只能端着面在店外吃，吃完碗就地放着，昆山奥灶面馆附近亭林路两侧，面碗堆积如山，成为一道风景线。他在昆山率先启用“双喜面票”，方便昆山百姓生日、做寿、乔迁、满月等就餐吃面，在价格上给予优惠，深受百姓欢迎。在刘锡安的领导下，昆山奥灶面馆打了一场漂亮的翻身仗，一跃成为昆山饮食业的排头兵。

20世纪80年代初，由于地市合并管理体制的实施，由市政府出面把市（县）著名菜馆引进到市区，昆山奥灶面馆被安排到观前街醋坊桥堍原工农饭店地址开设，供应奥灶面及昆山本帮菜肴。刘锡安大师率领众多弟子在苏州大施拳脚。正式开门那天，刘大师亲自上灶操作，烹制著名奥灶面。当一碗碗热气腾腾、鲜香扑鼻的奥灶面送到每一位顾客面前时，店堂内掌声四起，食客们吃后无不称赞刘大师的奥灶面风味特色浓郁，从此赢得苏州百姓的信赖。苏州媒体闻风而动，多次采访刘锡安大师，他深入浅出地畅谈昆山奥灶面的历史、起源及“五热一体”特色，“五热一体”即面热、汤热、油热、浇头热、碗热为一体，又把红汤爆鱼面、白汤卤鸭面的风味特色及制作工艺要领通说一遍。经媒体宣传后，这碗奥灶面名声大振，走进了苏州千家万户，观前街上的奥灶面馆每日顾客盈门，有时还真应接不暇，顾客只能排队吃面了。

苏州昆山奥灶馆每日中午、晚上供应昆山本帮菜，有刘锡安大师制作的昆山“三鸭”（糖鸭、卤鸭、酱鸭）及奥灶馆“五鸡”（水凤鸡、贵妃鸡、油鸡、澄鸡、一品鸡），另有昆山酱汁肉、水晶鳗、秋叶包、烧卖、青团等近30道时令名菜、名点在店内供应，吸引大批苏州市民前来品尝百年老店昆山奥灶面馆的特色美味。顾客蜂拥而至，好评如潮。

刘大师对待工作事业，无论大事小事，只要自己认为办得到的就坚定地认真去办，这就是他的性格。刘大师的拿手绝活是制作昆山奥灶面，而鲜为人知的是，他对昆山本帮菜、苏帮菜的造诣高深，又有自己独特的风格。他制作的蟹宴、并蒂莲宴等宴席已成江苏名宴，他一手创制的“三鸭”“五鸡”及昆山酱汁肉、水晶鳗、锡安大包、烧卖等都大获成功，成为昆山名菜名点。有一时段，刘大师由于种种原因离开了他心爱的昆山奥灶面馆，远走高飞。他曾在俄罗斯莫斯科做过外贸生意，又在匈牙利布达佩斯开过天香馆饭店，是昆山最早走出国门的企业家。他做生意思路敏捷，对市场商机捕获能力超强。他每日睡眠很少，只要两三小时即够，有时他整夜不睡觉，思考事业发展，以及工作上还有哪些需要改进提高。他常说：“现在睡得少些，将来睡得多点，可一直睡下去不醒。”业内有人称他为“工作上的狂人”。

刘大师的人生道路没有像他自己希望的那样顺当，退休不久即查出患胰腺癌，被告知生存期最多只有6个月。刘大师为人处世豁达、乐观，对病情并不惧怕。那天他吃了一根珍藏多年的野山参，在安排好身后事后，他毅然走上手术台。术后醒来，他想到自己没有死，思考着今后不多的日子怎么过，心情却十分平静。医生告知出院后须到上海做化疗，他如约而去，下午做完化疗就换上衣服，西装革履地到上海大街小巷寻找美食。有时吃了中餐，再吃西餐，食毕又去歌厅、咖啡馆，纵情享受生活，半夜回到病房。有病友对他说："你不像来看病做化疗的，倒像是来此度假的。"他没有被医生预计的存活期吓倒，精神振奋地过着自由自在的生活。生病至今，刘大师已存活16年之久，今年已82岁，仍愉快地生活着。医生称他是医疗史上的奇迹。他有句话说得好："生命的价值不在于能活多久，而在于如何使用这些日子。"

刘大师生病后非但没有被病魔吓倒，反而激发了事业上更多的追求。他根据多年烹制奥灶面的经验积累，抓住时代给予的机会，推出刘锡安大师奥灶面品牌店，又以连锁加盟店形式，在整个华东长三角地区布店成功，现已有80多家店，弘扬提升了昆山奥灶面的品牌影响力及昆山饮食文化，普惠大众。他像饮食江湖上传道的"法师"，只要说起他的奥灶面就一套连一套的。在他的鼓动下，要求加盟者络绎不绝，昆山奥灶面的影响力与日俱增。他还开创了百年老店昆山天香馆，长年供应传统昆山奥灶面，又推出锡安大包、中式早茶和卤菜"两只锅"，一只"酱锅"出品酱肉、猪头肉等，另一只"爊锅"出品爊鹅、油鸡等，有的成了昆山特色伴手礼馈赠亲友。

近几年来，刘大师不惜个人的人力、物力、财力多次参加全国、全省各类大赛、评比，昆山奥灶面获奖无数。众多媒体大量报道过

"昆山刘大师的奥灶面"。2017年，昆山奥灶面被中国烹饪协会等单位评为全国最受欢迎"十佳"面条之一、中华名小吃等！这些年，刘大师用自己过硬的技能孜孜不倦地追求事业，传承发扬昆山奥灶面，一碗奥灶面已从昆山走向全省、全国，成为面业中的经典，刘大师功不可没。有人曾说："没有刘锡安就没有奥灶面，奥灶面也成就了刘锡安。"

去年冬天一日，中国烹饪协会打来电话，要我们协会推荐一位苏州地区有声望、有地位、70岁以上健在的大师选入"中国烹饪大师名人堂"，全国符合此条件的名厨为数不多。在协会的举荐下，昆山刘锡安大师被授予"中国烹饪大师名人堂尊师"荣誉称号。据返回的信息得知，刘大师报送的材料最齐全，入选毫无异议。按理说刘大师此生获奖无数，获奖像是例行公事一样，但这次真不同，条件苛刻、限制无数，对全国成千上万的厨师来说，进入名人堂是一种奢望，能进入名人堂的大师级人物在苏州仅他一人。

刘大师从北京获奖回来，我们为他举办了一个小型欢迎会，刘大师兴奋地说："获此殊荣靠大家支持。"行业内的同道对他戏称："你百年后，要进北京八宝山了。"刘大师也不忌讳，大声说："我去了，也给你们留好个位子，大家仍在一起。"其实在刘大师心目中有两个称号尤为重要，一个是"苏帮菜十大宗师"，另一个是"昆山奥灶面制作技艺代表性传承人"。许多特殊的荣誉给他带来了无数掌声，他也愉快地享受这些掌声与快乐，政府给他的津贴，钱虽不多，但闪耀着他烹饪事业的成就及社会的认可。其实在这些荣誉、掌声背后，刘大师付出了超乎常人的辛劳与努力，他忍受过事业上多种压力，也被人曲解，甚至打击过，但他始终保持大度乐观的态度，泰然置之，他说："做自己的事，别的让人说去吧。"

刘大师对待朋友热情洋溢，对待同行虚怀若谷，在他的身边总聚集着许多朋友、师友、徒孙等。全国各地同行来昆山，他都热忱招待，时而在饭店中，时而在自己家中，总是满桌酒菜，一醉方休。有时他自己下厨拿出他家传绝技，做几只昆山本帮菜肴，吃得大家拍手称快。奇怪的是他自己不吃，他看到别人开怀大嚼，吃得痛快淋漓，觉得过瘾之至。这一刻他自感是一个快乐幸福的人，因为他对朋友投入全身心的情感，在他的情怀中总想做好一桌饭菜，让周边的人吃得更香些。

如果把刘锡安大师一生从艺"心路"看成一个故事的话，那刘锡安也是从一个"听故事的人"开始，逐渐成长为一个"讲故事的人"，到最后成了"故事里的人"。他一生只做追梦人，无论是年少还是年老。

十三位弟子第一次联袂出演，振兴师门，所示厨艺，奉于学坛，服务于社会，普惠大众。他们各怀绝技，或精于刀工，或注重火候，或善调色泽，或巧于装盆，研发文化，力推苏味。他们所做的名馔来由出处，谈有故事，写有脉络，信心满满。张师门十三位弟子被江湖道上称为『十三太保』『开路先锋』。

师门荣光

我与张子平大师相识多年，由于同在餐饮行业，联系更为紧密。有时在各种餐饮活动中相见，有时在餐桌上把酒言欢，称兄道弟。更多的时候，我们在多种厨艺大赛上、苏帮菜非遗文化专题会议上各抒己见，交流想法。我们在苏州烹饪厨艺道路上携手共进！

春暖花开的时节，一天，张子平大师信步来到我寒舍，说是有事相商。我即刻迎客、入座、奉茶。张大师缓缓道来：他想率领十三个弟子，每人制作两道苏式经典菜肴，并共同制作五桌苏州名宴，成文出书，传承张师门烹饪技艺风范，为苏帮菜的传承发展尽一份力！

我听后大为感动，此举开创了苏州饮食史上师徒合作的先河，师门联手薪火相传，精神可嘉！我当即表示全力支持，并自告奋勇来写出书序言，也想与张师门沾点边，今后也能“水涨船高”。子平兄虽年过七旬，但精力过人，仍孜孜不倦地追求烹饪之道，攀登厨艺高峰。身为中国烹饪高级技师、苏帮菜宗师的他，不忘初心，专注于事业，精研技艺，仍像年轻时那样好学上进，真有活到老、学到老的劲头。他年轻时就职于苏州外事接待的苏州饭店，初学西餐，学成后转入中餐，师承“江南厨王”吴涌根先生、西菜名师张美康先生，学业步步高升，厨艺长进而成大业，身怀中西“两斧之艺”，融会贯通，比其他同龄厨师“棋高一筹”。他出品的菜肴常受领导及宾客赞誉，接待过无数国宾与外国政要友人，这使他获奖无数。随后，他被委以重任，出使英伦，又大放异彩，载誉回国，已成为烹坛名师高手。后来，他又专注于苏帮菜的传承创新，在传承厨艺过程中，他择优收徒，门生众多，又奋勇当先，自立门户。张师门厨艺队伍真是人强马壮，欣欣向荣！

丹桂飘香的时节，一天，张子平大师发来微信，我急忙打开一看，张大师率十三位弟子的厨艺书稿、图片均已完成。张大师做事专注神速，春时决策，秋时已修成正果。他还说要我多提意见。我通读此书图片及文稿，已被深深吸引住了，哪有什么意见可提？只是心潮起伏。他们所制作的菜肴佳品图片精美，文字朴实，唯美中透着清雅。我知道他们是生活在烟火四起的厨灶里，却又把烹饪当作艺术的一批人。

张师门的弟子并非一般厨役之辈，个个厨艺出众，正所谓名师出高徒。他们多数就职于各大酒店、饭店的重要职位上，有的还是高校的教师、专家，实力雄厚，师门兴盛。这次师门联手出版图书，其十三位弟子第一次联袂出演，振兴师门，所示厨艺，奉于学坛，服务于社会，普惠大众。他们各怀绝技，或精于刀工，或注重火候，或善调色泽，或巧于装盆，研发文化，力推苏味。他们所做的名馔来由出处，谈有故事，写有脉络，信心满满。张师门十三位弟子被江湖道上称为“十三太保”“开路先锋”。他们常年蹲守在厨房里，“朝爬姜，夜爬盐”，成了匠心名厨。从这点来看，他们既是苏帮菜制作技艺的传承者，也是创造者。

书中介绍出品的二十八道菜肴、五桌名宴可谓张师门的精品力作，已超出以往的菜点界限。其中有宫廷御膳菜品、苏帮菜经典代表作品，还有中西合璧菜膳、非遗时令佳品等，还运用了不同技法，如食品花鸟雕刻，分子料理，古法炖、焖、煨、焐等，丰富多彩，令人难忘。还有五桌风味浓郁、色泽丰润、口味醇香的名宴代表作品。他们用烹饪的独特表现语言创造出一种艺术境界，又是苏帮菜非遗传承的再创作，让我们看到的是他们鲜明的艺术追求。

此书虽为珍宝级师门献艺的结集本，但又不拘一格，持开放之态，把经典名馔、名宴等的做法、步骤成文配图，由浅入深，道个明白，说个清楚，让初学烹饪者可研学、模仿，又让同道者可举一反三，终成精品，发扬光大。此书说是烹饪教材，说是菜谱，说是饮食文化图书都对，但其真正意义是张子平大师率其弟子几十年从艺美食师徒传承实践的产物，也是他们厨艺道路上足迹与心路的记录。

星光不负赶路人，但愿这些烹饪才俊在日后的厨艺生涯里大展宏图，而我依然会守护着苏帮菜的“舞台”，让更多的师门厨艺展示出同样的荣光！

厨师的天职，是调和五味，味合五色，烹饪佳肴美点，供人食用。良人雅厨尽责尽力，常年操劳在充满烟火的灶台间，又不辞劳苦、风雨兼程，奔走在寻找食材的江湖道上。他们利用业余时间读书、写字、作画，秉承文化，提升自我修养，恪守职操——『做好人，烧好菜』。

味合五色

新梅华餐饮管理有限公司在木渎天平山脚下，自筹资金开办了一家艺术馆。那里展出一些经典的烹饪器具、与饮食相关的文案资料及书籍、旧时的菜谱等，同时将新梅华的企业文化精神、发展历程等展示在人们面前。那里时常举办一些画展、石头展等，活动开展得有声有色。此外，艺术馆还为一些专职画家免费开办个人艺术工作室，将诸多艺术形式融合在一起，创建出一个多维度的艺术空间。这次“近水楼台先得月”，新梅华与苏州市烹饪协会联手推出了首届厨师书画展。

开展那天，嘉宾云集，有当今多位著名书画名家、大学艺术系的师生、餐饮行业里的“大咖”和大厨，还有临近城市的先锋烹饪大师、名师等前来观摩交流。苏州国画院院长孙宽先生也到场祝贺！

在当下书画艺坛上，由专职厨师举办一届书画展，可谓别开生面。本次参展作品有近五十幅，作者是清一色的厨艺人！作品涵盖国画、油画、书法等多种艺术品类。这些展示作品充分反映出当代苏州厨艺人的新风貌，抒发了大厨们各自的情怀及对美好生活的向往。他们将书画作为沉淀的容器，追寻自己过去的艺术技能踪迹，又珍藏着对未来做好菜肴的愿望。

厨师书画展的作品可能远不及专职画师们的气韵笔力，但其中也不乏佼佼者可与之媲美。有常熟“蒸菜之父”之称的张建中大师的多幅书画水平直逼专职画家；苏帮菜制作技艺非遗传承人金洪男先生的大写意《花鸟竹石图》，用笔有法，色泽柔和，韵味十足；“素食大师”孙志强的书画《百子图》引人入胜，还有多位厨艺人的书画作品朴实流畅。这些人穿上工作服是大厨，拿起笔即书画家，绝非等闲之辈！这次画展也可从另一个角度来看，即书画精英艺术是可以转变成民众艺术的，这在一定程度上丰富了苏州这座城市的文化内涵。或许这次厨师书画展将会在苏州美术史上留下一段佳话！

过去，厨师常被人低看，有说“君子远离庖厨”。当今社会，厨师受人尊重，有说“入伍厨道，与厨师为友”。

苏州著名作家陆文夫先生的精品力作《美食家》说明了一切。陆文夫先生常道：“烹饪是一种艺术，厨师做菜传递出的不仅是难忘的舌尖美味，还有鲜明独到的艺术见解。”历史上大画家张大千先生不仅能吃，还是一位会做的美食家，留下了珍贵的“大千食单”。他曾说：“以艺事而论，一个不懂得品尝美食的人怎么可能懂艺术。”在张大千先生的艺术人生中，烹饪与绘画是同时并存且相互交融的艺术！

厨师的天职，是调和五味，味合五色，烹饪佳肴美点，供人食用。良人雅厨尽责尽力，常年操劳在充满烟火的灶台间，又不辞劳苦、风雨兼程，奔走在寻找食材的江湖道上。他们利用业余时间读书、写字、作画，秉承文化，提升自我修养，恪守职操——“做好人，烧好菜”。

在艺术上，厨师看刀功，画家看笔力；厨师用味道诉说故事，画家用笔墨记录人生。如果说画家从一笔直线看其功力，那么厨师可以从一根姜丝看其水平。而今，“直线”“姜丝”都在心上手里，势不可挡！

艺术是相通的，又可以互为借鉴。厨师胸中有笔墨，手上能调味，他们能在纸上做菜，在锅里作画，功力非凡，力胜一筹。因为注入了不竭的艺术动力，在主厨时代来临之际，厨师已从后厨转到前台，讲解自己的菜肴艺术作品，受人欢迎。用心、用功、多才、多艺等成了烹饪艺术家必要的附加条件。

这次厨师书画展是在姑苏这片土地上，依托着吴文化因缘而成的。在“言有尽，意无穷”的艺术境界里，这次画展从横向看，是一次艺术文化的交流；从纵向看，是一次饮食文化的提升。其交汇坐标点，是让这批大厨在苏帮菜制作技艺传承创新的道路上，一路高歌前行；也让人们走进“烟火笔墨”的大千世界里，领略厨艺的真谛。

他带领那支优秀的厨师团队仍在传承创新昆山菜道路上不断前进。真如诗云：火候精微调五味，刀下细精切千丝。厨间自有乾坤大，巧手烹来天下知。

银峰老鹅馆里的昆山菜

江南名城昆山地处阳澄湖畔，物产丰饶，人杰地灵，素有“鱼米之乡”之称。昆山是全国百强县（市）之首，经济繁荣，实力雄厚。在昆山饮食界里，银峰老鹅馆无人不晓。那是一家著名餐饮品牌企业，其掌门人是一位餐饮业“后起之秀”——人称“黄毛”的名厨。黄毛是他的小名，他的真名叫陈黎明。叫他小名的人多了，以至于他的真姓大名“退居二线”了。陈家世代经营饭店，传到黄毛这一代算是第三代了，真是“三代祖传”、名不虚传的江南名店。

黄毛从小就是个聪明活泼的孩子。1986年，他考取昆山烹饪学校，立志成为一名烹饪大师。在校期间，他认真学习烹饪知识，升任班长之职，不断锤炼烹调技艺。以优异的成绩毕业后，他被分配到昆山玉峰大厦餐饮部当厨师。在那里，他结识了烹饪大师曹正龙，便跟随大师刻苦学艺，结为师徒。日后，在师父的调教下，他的厨艺突飞猛进，担任了厨师长之职。此时的陈黎明踌躇满志、羽翼渐丰、技艺出众，从容面对从艺道路上的多种困难。

时间来到2003年，昆山玉峰大厦改制为私人经营。那时，陈黎明毅然决然辞去职务，自己创业，开办了自己的第一家饭店——银峰老鹅馆。他以厨师特有的敏锐观察力，开设的饭店以水乡鹅肴为主菜，配以昆山特色本帮菜，切入餐饮市场，一举获得成功。随后多年，他不断改良提升鹅肴品种，恢复传统旧法烹制烧鹅的方法，增加许多名菜名品，又采用科学现代新技术，创制出当下年轻人喜欢的口味新品鹅菜，使他家的鹅肴名震四方。不仅新老昆山人喜欢吃，连上海、浙江，远至北京等地的食客也纷至沓来，品尝他家的鹅肴特色菜。

名厨陈黎明对自身生活工作一向高要求，严于律己。平日晨起早，总是迎着太阳苦练“步马桩”，静心、匀气。故而他整日红光满面。他走路极快，快人快语，似乎每日里总带着几分武林大侠的气质。他对人诚实和善、乐于助人，工作上乐于进取。多年后，陈黎明进一步扩大企业规模，成立了金典银峰餐饮管理有限公司，自己出任董事长，统一管理、经营旗下六家门店，生意做得风生水起、红红火火。在董事长陈黎明的带领下，六家门店齐头并进，店内菜品进一步提升。一只鹅从头吃到尾，卤鹅、盐水鹅、糟鹅、爊鹅等，鹅头、鹅血、鹅掌、鹅翅、鹅肝等，门类多样又齐全。除了著名水乡鹅菜外，还推出昆山本土的松鼠鳜鱼、走油东坡肉、清炒虾仁、鹅肉大团子、响油鳝糊、白汁河鳗、招牌鱼头煲、酱汁肉、小蹄髈等，满足消费者多变的口味和不同的需求。

陈黎明的餐饮企业做大了，但他仍不满足，孜孜不倦钻研技术，开发新品。有时他会深入到湖边渔家，进一步了解饲养鹅的方法，剖析鹅的肉质纹理，回到烟火飘香的老灶台上试菜。他心里装满了对鹅肴鲜美度的追求，又忘不了饮食史里鹅菜的滋味。他曾复制南宋《山家清供》里的“杏花鹅”，经多次试验喜获成功，变成他家的白斩鹅。一经推出，食客蜂拥而至。他家定制的烧鹅灵感来源于《随园食单》里的“云林鹅”。《红楼梦》里的胭脂鹅脯华贵精致，在银峰老鹅馆得到了还原，成了卤鹅。陈黎明善于学习，还把潮汕地区制鹅方法融入自己的独门绝技里。他在饮食史料中寻找自己的感悟，又把这些感悟演变成现实中的名菜，并注入多元素文化脉络，谱写出昆山鹅菜特色文化的新篇章。

银峰老鹅馆等店厚积薄发，在陈黎明大厨的研发创制下，积累了一大批经典鹅菜及昆山本帮菜，其中有十道名菜为优中选优的“优等生”，有的已成为昆山市非遗项目。这些菜肴不仅展现了大厨的精湛技艺，更体现了昆山人对食材的极致追求及对美好生活的向往。具体有：

1.铜盆红烧老鹅：选用农家散养一年左右的老鹅，将老鹅宰杀洗净，剁去头颈翅腿，切剁成块。冷水下锅焯水后，捞起洗净滤干。油锅中加入葱、姜等香料煸香，放入鹅肉，翻炒均匀，加入料酒、酱油、水、盐、葱等作料，大火烧开转文火，焖煮至熟，便可收汁装盘。银峰老鹅馆制作的铜盆红烧老鹅口味咸鲜，又微辣鲜香，肉质不柴，有嚼劲，适宜绝大多数人食用。用铜盆装红烧老鹅乃陈家祖传之法，格调高雅又保温，更是对食客的尊重。2014年，铜盆红烧老鹅被评为江苏省当家菜，铜盆红烧老鹅制作工艺于2024年被列入市级非物质文化遗产代表性项目名录。

2.银峰老鹅煲：《本草纲目》记载，鹅血利五脏，解五脏热，止消渴。民间也有“喝鹅汤，吃鹅肉，一年四季不咳嗽”的说法。鹅血富含优质蛋白质、多种氨基酸和丰富的微量元素，具有“液体肉”的美誉，是极好的补血剂。银峰老鹅馆选用新鲜鹅肉和鹅血为主料制作的银峰老鹅煲，咸鲜、微辣，鹅肉香扑鼻，回香回甜，深受昆山本地和外地食客的一致好评。

3.银峰酱鹅肝：鹅肝质地细嫩、脂香醇厚、入口即化，被欧美各国誉为世界三大美味之一。银峰老鹅馆酱鹅肝的制作方法在传统工艺上，吸收西餐低温慢煮之法。选用新鲜的肥鹅肝，清洗干净，放入温水中，煮两至三分钟成熟即刻捞出，待冷却后，放入已调配好的卤汁汤水中浸泡，待入味后即可切片盛盘，淋上酱汁。酱鹅肝色泽褐红，口感鲜咸绵软，脂香浓郁。

4.昆山爊鹅：“爊”字生僻，不常见，读音同“凹”（āo）。从字形来看，“鹿”的左边和下方都是“火”。《康熙字典》注：爊同“熬”。顾名思义就是将食材进行长时间的慢火焖煮，这种做法其实类似于卤味，但不同于卤味注重浸泡入味，爊味更多的是靠火候与时间的把控，将汤汁的味道融入食材之中，并让食材的口感烹得恰到好处。爊制鹅，鹅肉鲜美，肉质嫩又多汁，是昆山特有的一种烹调鹅的方法。银峰老鹅馆的爊鹅卤香浓郁，表皮紧致，肉酥而不烂；更妙的是，爊鹅放凉了吃更美味，冷吃的鹅肉有干香，可以作为下酒菜，鹅肉的肉质紧致而不柴，鹅皮爽滑，别有一番风味，是昆山传统美味。

5.白斩鹅：银峰老鹅馆选取3月龄、重约8—10公斤的肉鹅，经宰杀、脱毛、洗净后，用柴火大锅煮制，共有8道工序。大火水沸后把鹅放进锅里，煮的时候要时不时翻动，使鹅身受热均匀。大约每过20分钟就要把鹅挂起来吊汤，对鹅身进行倒挂，去掉汤汁，可以让鹅身内外保持统一的温度，确保里肉熟透。大火烧一个小时后，转为中火，大约一个半小时后，就煮制完成了。煮制完成后，把整只鹅挂起来吊汤直至汤汁吊干。煮熟的白斩鹅香味四溢，待鹅身体内多余的汤汁吊干，即可斩件，一般把鹅头、鹅翅、鹅掌和内脏分盘。其烹饪方法得益于《山家清供》里的杏花鹅制法，把食材的原汁原味体现得淋漓尽致，别有一番返璞归真的风味。

6.走油东坡肉：《筵款丰馐依样调鼎新录》中的“皱皮东坡”做法是：“走油，红收”四字。走油，即炸制半熟；红收，指红烧上桌。银峰老鹅馆精选上等五花肉，加水将五花肉放入锅中，加黄酒、茴香、姜丝等煮到八成熟出锅。将八成熟的五花肉放入九成旺的油锅中炸制，至肉皮起泡有皱纹时当即捞出，冷却后倒入原汤小火慢炖。此菜有着皮起皱纹、色泽红润、酥烂鲜香、酥而不腻的特点。

7.白汁河鳗：精选昆山锦溪澄湖黄鳗。此菜有浓郁的鱼肉香味和微甜味道，色泽奶白，汤汁紧收，一口下去满满的胶原蛋白，食之让人感到满足和舒适。早在《随园食单》中记录了白汁河鳗的烹饪技法，后几乎失传，此道菜不再在餐桌上出现过。现有昆山厨师挖掘还原此菜，传承昆山老味道。

8.昆山酱汁肉：此菜可以追溯到南宋时期，昆山师傅依照前辈总结的“慢着火少着水，火候足时它自美”的经验进行改良，每头猪精选十份鲜肉，当市现烧，不隔夜，采用糖色上色传统工艺，制作出口感更加出色的昆山酱汁肉；一份酱汁肉不仅传递了独特的家的味道，更蕴含着师傅们的匠人精神。其上口酥润，甜中回咸，香味浓郁，肥而不腻，征服味蕾，让食客恋上昆山的美食。

9.清炒河虾仁：顾名思义，最重要的食材就是虾仁，一斤河虾仅手剥出三两虾仁。银峰老鹅馆精选活河虾，去壳取肉，最大程度留住虾仁的原始鲜美。去壳之后的虾肉，肉质细嫩、弹力十足，随着开水沸腾，虾肉颜色逐渐变得通红，自带美食色泽，十分诱人。将新鲜的虾仁放入锅中，烫至成熟捞出。简单调味后，虾仁便可出锅。河虾仁粒粒饱满，甜嫩鲜灵，一眼看去水、油、芡都不见，吃到嘴里虾仁鲜嫩软糯，体现了对于河虾鲜美风味的极致把握。

10.面拖六月黄："忙归忙，勿忘六月黄"，在银峰老鹅馆食客的时令表里，壳薄、肉嫩、膏多、鲜甜的"六月黄"可是夏季最令人期待的美味之一。将小蟹切半，裹上面糊油炸至金黄，再加入毛豆、姜片等配料翻炒，最后用少量水煮开收汁。这道江南特色菜肴，蟹肉鲜嫩，面糊吸满了蟹的精华，每一口都是满足，是老昆山人从小到大牵挂的滋味。

这些出类拔萃的名菜制作技艺独特，文化内涵深厚，不仅代表一家店的名馔，更是昆山江南味道苏州菜的组成部分。这些菜肴经得起时间打磨，还会一代一代地传承下去。在这一点上，银峰老鹅馆餐饮管理有限公司董事长陈黎明大师功不可没，他带领那支优秀的厨师团队仍在传承创新昆山菜道路上不断前进。真如诗云：火候精微调五味，刀下细精切千丝。厨间自有乾坤大，巧手烹来天下知。

易都老师告诉金鱼：『摄影本无法，做自己就好。』他的话让她学会独立思考，在平庸的生活中发现出其不意的美，用光影和色块撑起自己的美学世界。对她而言，摄影不仅仅是一种表达方式，更是一种生活态度，在平凡中发现美好，在光影中寻找永恒。

光影之间

金晓琪，艺名金鱼。“金鱼”二字动听、上口，叫的人多了，以至在日常工作中大伙儿都唤她“金鱼”，或许都把她的真名忘了！

金鱼的父亲是当下烹坛当红“厨星”、书画家金洪男先生。他把一手带大的女儿金鱼视作掌上明珠，爱护有加。其实，金鱼从小就是一个乖巧的孩子，长大后温顺听话，在家听从父母之言，在外与人相处时诚实和善。金鱼秀外慧中，脸上总带着微笑，说起话来声音轻柔，总有一种苏州女孩、大家闺秀的模样。

金鱼天资聪慧，遗传了父亲的艺术细胞。她从小喜欢文艺，热爱生活。读书时代，她就酷爱拍照；长大后，更痴迷于摄影。她一步一个脚印地追逐着光影，渐渐成了一个摄影才女。

金鱼进入摄影艺术圈子已有十多个年头。她从旅游与财经高等职业技术学校毕业后，便进入父亲掌管的新梅华餐饮管理有限公司，帮助父亲打点业务。在那里，她又结识了公司董事长单正女士。其实，单正董事长是看着金鱼长大的人，因为金鱼的父亲金洪男与单正都在新梅华饭店长期共事。工作多年后，单正与金鱼结为师徒。从此，金鱼在工作上有人相助，处事更加游刃有余；在生活中也有人指点，整日欢天喜地。但她从未忘记自己仍热爱摄影。

金鱼站在新梅华餐饮的平台上，施展她独特的才艺，拍摄了众多菜艺美食图片，受到业内人士的称赞。由此，她的工作业绩步步高升。在董事长的不断督促与提携下，金鱼已从一个普通职员荣升为新梅华副总经理，此外，她还是金晴鱼广告公司主理人、美食摄影师、视频IP策划师等。这一切，父亲金洪男看在眼里，喜在心里。父爱如山，他拿出“私房钱”给女儿金鱼买了一台性能超前的佳能相机。这台相机是金鱼摄影道路上的第一台个人相机。在这里尤其要说的是，父亲送的这台相机更是为她指明了一条艺术道路。有了这台相机，金鱼如鱼得水，海阔凭鱼跃。

金鱼在摄影艺术上总有独到见解。她从人物摄影开始，转而追逐生活场景，用自己的灵感捕捉生活中的点滴，表达出自己内心的情感。在摄影艺术上，她对用光、构图、留白等处理得协调合理，表达出自己内心想要的图景。照片是瞬间的艺术记录，她又以少女细腻的情感，站在时光的尽头，拍好每一张照片。这些照片都成了一种回忆。金鱼的摄影从彩色照片过渡到黑白照片，从玩胶卷到数码，又从数码回归到现在只有少数专业人士使用的胶卷。她这一路走来实属不易，摄影的艰辛不是一般人所能承受的。有的摄影需要长期蹲守以捕捉自然光线，有的需要在室内拍摄，她也常会背着相机在城里、城外转悠，一拍就是一整天。

拍摄美食照片也得用上一大堆各种灯光器材，身上挂着“长枪短炮”轮流拍摄，既费劲又伤神。平时出差、参加宴请会议，她都带着相机，为了捕捉到瞬间的变化，把美味凝成图片。

当下，金鱼在苏州摄影圈内崭露头角，拍摄的各类摄影作品有上百件之多，还举办了个人摄影展览。展览中的图片展示了那些黑白对比、线条错落、高低悬殊、块面多重叠加的城市建筑风貌及城市街巷中人与物的无尽魅力，引人入胜。城市中不起眼的角落、斑驳的河岸、生锈的铁门、斜横的石桥、缝里的花草，在她的镜头下都焕发出惊人的生命力。那些美感十足的菜艺图片，拍出了细如发丝的刀工、飘荡的热气、五彩的色泽、精致的摆盘，真是秀色可餐，让人爱不释手。参观者都不由得感到欣慰与赞叹。这些图片还发行成了摄影图片明信片。在摄影艺术道路上，金鱼常有人相助，技艺不断长进。苏州著名摄影艺术家易都先生就是金鱼的老师。易都老师告诉金鱼：“摄影本无法，做自己就好。”他的话让她学会独立思考，在平庸的生活中发现出其不意的美，用光影和色块撑起自己的美学世界。对她而言，摄影不仅仅是一种表达方式，更是一种生活态度，在平凡中发现美好，在光影中寻找永恒。

金鱼在摄影艺术道路上，正如她老师易都对她评价的那样——未来可期！

以食為天

此道青盐甲鱼，大厨构思巧妙，下足功夫，技法新颖，用盐得法，本色本味，火功非凡，甲鱼、火膧、鲜猪爪融为一体，蒸制的胶原蛋白丰盛四溢，浓郁鲜香到达顶点，真是至鲜至味，一骑绝尘！

鼎膳·青盐甲鱼

青盐甲鱼是一道失传多年的苏州传统名菜，如今重出江湖，令人振奋。恢复制作此名馔的是一家名为“鼎膳·匠宴”的餐饮企业。

鼎膳·匠宴是苏州一家高端餐饮企业，位于苏州市相城区高铁新城，餐厅设在云端写字楼33层，在餐厅里可领略整个新城景色。餐厅分设8个大包间，每个包间又以相城区手工艺非遗名品命名——珍珠、鸟笼、泥盆、铜炉、缂丝、红木、金砖、船模，风格各异又与文化融为一体。每个包间内都有经典非遗产品展示，与餐厅灯光、桌椅色调协调一致，装修得体风雅，让每一位来此就餐的人，都能领略城市人文与美味的新高度。

该店的掌门人为苏州餐饮界的女企业家——陈小妹女士，她在苏州餐饮道上已纵横近30年，拥有“鼎膳·匠宴”“百盛鼎膳”“百盛人家”“百盛天地大酒店”“盛己面馆”等多个品牌，自己又热衷于烹饪手艺，整日游走于菜坊、乡间等地寻觅采购时令优质食材，空余时段钻在厨房，精工细磨着匠宴里的菜肴。她身上没有易牙之钟鼎大艺，却有着小宛之烹饪细技痕迹，还能定时推出多种应季名菜、名点及名宴，如：早春“春宴”、夏初“三虾宴”、深秋“蟹宴”、冬末“青鱼宴”，吸引无数食客慕名而至，十万余名会员择时纷至沓来。她率领她的烹饪匠心团队，为苏州的餐饮撑起一方天地。

今年正月刚过，鼎膳·匠宴的春宴即上市了，那日陈小妹打来电话约我与几位烹饪大师同去品赏她家店的春宴。她在电话里特意告诉我，其中有一道大菜——青盐甲鱼，是我书里写过的名菜，大厨按部就班试做出来的，想要试一下是否能过关。

饮食业内，大家都知道青盐甲鱼这道苏州名菜是清袁枚著《随园食单》里的经典菜肴，原文为：“斩四块，起油锅炮透。每甲鱼一斤，用酒四两、大茴香三钱、盐一钱半，煨至半好，下脂油二两，切小豆块再煨，加蒜头、笋尖，起时用葱、椒，或用秋油，则不用盐。此苏州唐静涵家法。甲鱼大则老，小则腥，须买其中样者。”

唐静涵，清代苏州人，盐商富户，豪爽好客，人称美食家，与袁枚交好。此道青盐甲鱼就是袁枚在唐静涵家中吃到的苏州名菜，收录在袁枚的《随园食单》里，一直流传至今。

青盐甲鱼中的青盐是指一种食用盐，是一种自然结晶形成的食盐，含有丰富矿物质和微量元素，用此青盐做菜，可增加口感和风味。只用青盐还可理解为白烧、白煮，调味只用盐，显食材本质，如青盐白肉、青盐鸡等。青盐甲鱼的制法，虽书中有详述，但在各地也有不同的版本，烹调上有蒸、有煮、有煨等，调料辅料也有不同用法。旧时苏州一些大饭店制作此菜时加入猪脚爪增肥，又有加入火腿提鲜，迎合人们口味的改变，呈现菜肴的美味。在不断地演变中，此菜各有做法，不变的是突出口感上清鲜的本味。

此菜因原材料要求高，制作繁复，故渐渐冷落断档。苏州山清水秀，湖泊众多，水质清丽，原产甲鱼肥美质优，自古受到食客青睐。历史上有“炮鳖脍鲤”之句，甲鱼或蒸或煮汤。随时代更迭，甲鱼吃法多样，苏州吴门医派十分推崇甲鱼的滋补功能，《金匮要略》提及的一味补药——“鳖甲鱼丸”，就是用甲鱼与其他中药一起合成的。

苏州人崇尚“不时不食”，吃甲鱼选定在早春，尤其在油菜花开时为佳，称为“菜花甲鱼”，此时甲鱼越冬后最为肥美。过了时段到了夏季，此时甲鱼则无人问津，为“蚊子甲鱼”。苏州大厨制作甲鱼菜肴手艺高超，甲鱼菜肴别具一格且品种繁多，著名的有白汁元菜（甲鱼）、生炒甲鱼、“霸王别姬”（甲鱼和鸡）等。清顾禄在《桐桥倚棹录》记有烂焐脚鱼、出骨脚鱼、生爆脚鱼等甲鱼菜品。苏州菜馆里常见的甲鱼菜肴有冰糖甲鱼，此外，干蒸甲鱼也是苏州的时令传统名肴。

那日的春宴有许多精美冷食、手碟，我却一直焦虑地等待着青盐甲鱼的出现，其实大厨比我还心慌，唯恐此菜造型、口味等都达不到我的要求。过了许久，在千呼万唤中，大厨孔兴捧上一只瓷盆，晃晃一大盆还盖着盖，放在桌中央。此时我也站起身，迫不及待打开盆盖，热气腾腾，那一刻，鲜香扑鼻而来。首先映入眼帘的是一排金黄色的菜花，明白无误地告诉食客：“此菜来自春天里。”大家惊呼：“灵格，灵格。”我也感觉此菜做得精致：一只不大不小的甲鱼被宰成多块，整齐地码在盆中，上面覆盖圆形红色的火腫片，传来阵阵甘鲜香气，甲鱼四周又围着一圈猪爪，呈油润本白色。画龙点睛的是，在此道青盐甲鱼顶部有条不紊地插放着一排油菜花，一股淡淡菜花香点开吃食大门，用菜花装点“此江山”，自然得法。此菜采用苏州传统干蒸（燉）技法，故而甲鱼肉块显得“弹眼落睛”，又控制极少汤汁，清一色原汁原味。我率先分到一块甲鱼裙边肉及一片火腫，服务人员还特地用勺，轻轻舀起一小勺本白汤汁浇在上面。我在细嚼慢咽中品味到甲鱼的肥腴鲜美，那片火腫又显得鲜上加鲜。我顺手捞起一块盆中猪爪放入自己碟中，平时红烧、煮汤的猪爪都是我吃食中的“心爱之物”，今日其与甲鱼、火腫同煨煮，决不能放过，一口下去，皮糯肉酥，鲜劲十足。此道青盐甲鱼，大厨构思巧妙，下足功夫，技法新颖，用盐得法，本色本味，火功非凡，甲鱼、火腫、鲜猪爪融为一体，蒸制的胶原蛋白丰盛四溢，浓郁鲜香到达顶点，真是至鲜至味，一骑绝尘！

此菜食毕后，陈小妹一再要我对此菜做一评价。此时我的上嘴唇和下嘴唇似乎有微微被粘住的感觉，我知道那是甲鱼菜功力所在，只能喃喃说道：“我给此菜打分为100分！”大家鼓掌示贺！

一道传统经典的青盐甲鱼复出，看似简单，其实质也是文化的传承。

『秋时享福吃斑肝。』吃斑肝的最佳方式就是吃鲃肺汤了。苏州人真有福气，每年金秋都能品到鲜美绝伦的鲃肺汤，这也是上苍对吴中大地的恩赐。

碗里江南鲃肺汤

在苏州太湖、木渎等地区居民间流传一句俗语：“秋时享福吃斑肝。”吃斑肝的最佳方式就是吃鲃肺汤了。苏州人真有福气，每年金秋都能品到鲜美绝伦的鲃肺汤，这也是上苍对吴中大地的恩赐。

鲃肺汤，古籍菜谱中早有记载，生活在清朝康熙年间的朱彝尊，在《食宪鸿秘》中记有一款“斑肝汤”；乾隆年间，袁枚在《随园食单》中也收有“斑鱼”的菜，其制作方法为：“剥皮去秽，分肝、肉二种，以鸡汤煨之……”苏州人顾禄在《桐桥倚棹录》中记有“斑鱼汤”。这些记载足以表明，鲃肺汤在当时已成为苏州一带的名菜了。

那么，古籍菜谱的“斑肝汤”，现在怎么就成了“鲃肺汤”呢？

古籍中的斑鱼，就是鲃鱼。鲃鱼是太湖特产，其他地方很少有这样的鱼，每年秋季桂花盛开时此鱼才出现，桂花谢了，此鱼即无影无踪。鲃鱼生性凶悍，喜食小鱼、小虾，鱼腹部黄白，背有青黑斑，肉无细刺。捕捞上岸时，鱼腹会变成一个大泡，因此也有人称它为“泡泡鱼”。此鱼鱼肝特别肥大，外形酷如河豚，故也被称为“小河豚”，但此鱼无毒。

至于称此汤菜为鲃肺汤，与国民党元老于右任有关。当年，于右任与友人同游太湖，归途中在木渎石家饭店品尝此菜。吃得满意，于右任即兴题诗：“老桂花开天下香，看花走遍太湖旁。归舟木渎犹堪记，多谢石家鲃肺汤。”“鲃肺汤”之名就这样传开来了，后来约定俗成，此菜就叫“鲃肺汤”了。另有一种说法，说是那时太湖边农村人们对鲃鱼了解甚少，一直把此鱼的肝说成肺，况且在吴语中“肺”音更上口，也就一直叫下去了。就像青鱼肝亦被叫作肺，青鱼秃肺，这可能也是上辈人留下的俗称，沿用至今。

制作鲃肺汤，将鲜活的鱼宰杀后，取其鱼肉及鱼肝，用刀把鱼肉及肝片成片，放入高汤熬制；加入调料及火腿片等辅料，烧开即起锅，倒入碗中，放入一棵豆苗或小菜心，淋上鸡油，撒上胡椒粉即成。

此汤清澈见底，淡黄色鱼肝浮于汤面，肥嫩细滑、入口即化，与鹅肝可有一比；鱼肉片片白中显青，清鲜之至；火腿片、香菇片、笋片清香脆鲜。

此汤之美味需慢慢品味：吃鱼肝时，需用勺把鱼肝挑出晾一会儿，肝上渗出油花时再品吃，用舌尖与上颚抵吸，味至舌根，满口留香；鱼肉细嚼慢咽，鱼香、鱼汁尽在其中；喝汤宜趁热，汤味清鲜，别有风味。此法让你明白什么是“食不厌精，脍不厌细”。

如今的鲃肺汤，已成为木渎石家饭店的“看家菜”，每年有大批旅游者、食客去品尝此菜。旧时，因鲃鱼的季节性极强，只有秋季能够吃到，而且数量稀少，故此菜价格不菲。现在的鲃鱼都是人工饲养的，因而现今的鲃肺汤常年供应。

著名社会学家费孝通对品吃鲃肺汤自有一套吃食经，他还为石家饭店题字写下“肺腑之味”，留下一段佳话。费孝通在书中写道：“斑鱼是太湖东岸乡间的家常下饭土肴，各家有各家的烹饪手法，高下不一，大多也知道这鱼的鲜味出于肝脏，但一般总是把整个鱼身一起烹煮，叙顺楼（石家饭店前身）的主任却去杂存精，单取鱼肝和其无骨的肉块，集中清煮成汤，因而鱼腥全失，鲜味加浓，汤白纯清澈，另加少许火腿和青菜，红绿相映，更显得素朴洒脱，有如略施粉黛的乡间少女，上口时，肝酥肉软，接舌而化，毋庸细嚼，送以清汤，凉厚而滑，满嘴生香，不忍下咽。”

苏州的一品鲃肺汤能受到如此青睐，正是因为它真正能体现苏帮菜“不时不食”“烹饪精细”“讲究本味”的独特文化内涵。把饮食变成一种艺术，其制作技艺已被列入非遗保护项目名录。享福吃斑肝，你想做一个有福之人，来苏州吧！

这二十四碟粥菜，是根据老苏州传统饮食理念『春酱、夏糟、秋醉、冬腌』等多种旧法，又结合时令食材制作而成的渍物小菜，有清淡、鲜香、酸甜等多种口味。每碟粥菜不过三筷之量，浅尝辄止，品味悠长。

一粥一饭

近两年来，我常参加全国的星级餐厅榜单评审，还参加一些美食品鉴活动，认识了各地一大批饮食大咖、美食达人，还有一批美食小编、文艺青年。今年年初，我的微信被这些人“打爆”，他们都询问苏州鼎膳·匠宴的“一粥一饭”，即“重青焖肉锅饭”及“清粥二十四碟”是用什么食材制作的，口味有什么特点，我一时被问得“丈二和尚摸不着头脑”。我自己也没吃过，知之甚少，不知怎样去解答，只能当作没有看见，但心里总想去了解，查看品味一次。

有人告诉我一个消息：在黑珍珠星级发布会上，苏州鼎膳·匠宴首创出品的“苏式重青焖肉锅饭”被推荐为2025年度黑珍珠餐厅指南全国年度菜品。苏州这锅饭走向全国的餐桌，引起业界的关注，为苏州菜争了光，也难怪有这么多朋友来了解此锅饭了！

说实在，一锅饭其貌不扬，却能走向全国饮食界、全社会，推想其中必有奥秘。饭人人会做，要做好一锅饭却不易。我从该店掌门人——江湖人称“小妹姐”处了解到其中实情，此锅饭的构思源自苏州传统的重青焖肉面。所谓“重青”，即在吃面时蒜叶要多放些。宽汤重青焖肉面，一直是老苏州人的最爱，有些人不喜欢重青可说“免青”，那出品面条就不放蒜叶了，各人所爱不同，各取各的。

重青焖肉锅饭根据苏式面的原理，在锅饭上面铺满一层碧绿蒜叶，焖肉深埋其中。常说创新有其根，味道有传承，其以独特构思、不落俗套的手法和以味道为本的宗旨，把这锅饭整合到“黄袍加身”的境界。

此锅饭还采用吴地多种食材——青蒜、春笋、蚕豆、大米、糯米及自制焖肉等，将它们集一锅焖煮，可谓清香、肥腴、鲜美融为一体。值得一说的是，这锅饭在客人面前焖炒，供人品吃，仪式感满满，还可根据食者不同，饭可多可少，青蒜亦可多可少。

锅饭中的焖肉与米饭融为一体，粒粒饱满、油润光亮、肉香四溢，搭配时令春笋、蚕豆，使这锅饭味道叠加，堪称美食佳品。在吃此锅饭时还要加一些细腻顶配的调汁料，与饭的热度相碰，有着一种香气四散如雾气似的云里雾里的美妙之感。

为了这一口饭，我寻味而去，坐在那家餐厅里，扑面而来的是浓郁的饭菜香。一碗热腾腾的锅饭端上来，青蒜盖满，米粒油亮，裹挟着笋粒、豆瓣、焖肉各种食材，令人胃口大开。我迫不及待地舀了一勺送入口中，米饭软糯，多种食材清香鲜美的味道瞬间在口中绽放，真是一场味蕾的盛宴。

我查找苏州史料，此锅饭可没有找到出处，也就是说没有“户口本”，但隐隐感觉还是地道的苏州味，因为有那碗汤面的存在。说到底，这锅饭更让苏帮菜走了出去，扩大了市场占有率。鼎膳·匠宴的大厨给我们上了生动的一课，那一抹青绿用在汤面上可以，用在饭上更可以，它在苏帮菜传承创新中落地生根了！

鼎膳·匠宴这家餐厅有如此美味的锅饭还不算，另有一道白粥令人拍案叫绝，配有二十四碟粥菜，对应着节令食俗一起上桌。吃上这一口粥，如同过神仙日子了。电视剧《繁花》中，上海人吃泡粥有四味粥菜，似乎已很气派了，苏州人吃粥就有二十四碟，这不是菜品简单叠加，而是对应一年二十四个节气，这碗里充盈着年的文化。

这二十四碟粥菜，是根据老苏州传统饮食理念“春酱、夏糟、秋醉、冬腌”等多种旧法，又结合时令食材制作而成的渍物小菜，有清淡、鲜香、酸甜等多种口味。每碟粥菜不过三筷之量，浅尝辄止，品味悠长。

白粥配二十四碟粥菜，一口一乾坤。粥菜具体有：

1.玫瑰腐乳

2.马兰头拌香干

3.酒酿荠菜

4.油焖春笋

5.虾子鲞鱼

6.莴笋卷

7.梅子藕片

8.糖醋姜片

9.泡椒芥兰

10.醉香番茄

11.酸辣什锦菜

12.绿豆芽海蜇丝

13.姜松猪肝

14.卤香鸭舌

15.糖水桂花板栗

16.熏青豆

17.雪菜毛豆子

18.素鹅卷

19.辣白菜

20.萝卜丝

21.烟熏鱼块

22.酱萝卜干

23.八宝炒酱

24.白鱼松

我吃过重青焖肉锅饭后，又点了一碗白粥，这碗白粥热气腾腾，上面覆盖一层厚厚的"粥油"，闪着光亮，搭配上多样粥菜，鲜香的白鱼松、脆爽的酱萝卜干、咸鲜的虾子鲞鱼、鲜辣的辣白菜、香甜的玫瑰腐乳……每一口都让人回味无穷。吃完粥，我走到食品台前，那二十四碟粥菜有序地放在木格中，琳琅满目，色泽各样，色彩鲜艳，真有五光十色之美感，令人陶醉。

这顿一粥一饭我吃得十分舒服，似乎感受到家的温暖，这里没有精致的摆盘，也没有昂贵的食材，有的是最朴实的烟火气。

在鼎膳·匠宴餐厅里，这一粥一饭看似平凡普通，却蕴含着无限美味，烹者用心调味，食者感受这份温暖。

回家路上，我坐在车里把吃时拍的照片作整理，九张图片用简单文字“饭有青绿，粥有银光”加以说明，发给我那些食友、家人，回复我的是一个个竖起的大拇指，有的干脆说明日来苏州品尝。

『此香酥鸭，做得真好，油润酥脆，你们看，扔下鸭皮，散成小块了。』我还建议大家用荷叶夹夹着鸭肉一起吃，可吃得别有情趣，面软鲜香，满嘴鸭香。那油润鸭肉的酥香气息在口腔久久回荡。

香酥鸭的鲜香

江苏书展最后一天，我的新书《姑苏味》在“书香苏州馆”里首发，来的嘉宾、读者还真多。在台上演讲时，我用苏州话来说“苏州一天里的美食”。从清晨一碗苏式汤面谈起，到夜里的点心白糖莲心粥，娓娓道来。我本无他意，就想为保护传承苏州话做点工作。当下的小孩，从托儿所开始成长，到学校，直至工作，一路都讲的是普通话。吴侬软语，地道的苏州话，大多数年轻人都不会讲了。加上苏州日新月异地发展，外来人口不断增加，苏州本地言语大多已淹没在汪洋大海中了。我想书展弘扬文化，又在“书香苏州馆”里，何不推广一下苏州话呢？我演讲结束时，有不少老苏州人拍手鼓掌，我心里颇有成就感，这种感觉不是因为我出了一本新书，而是因为痛快地讲了一席地道的苏州闲话！

书展推介结束后，我急急赶去观前太监弄新聚丰菜馆，一帮上海食友等着我去“助吃”。想想上海人真不容易，曾因疫情逼闷在家里。如今他们赶来苏州大快朵颐，我也特地关照新聚丰菜馆大厨朱龙祥大师今晚这桌菜要弄得好些，那只预定的香酥鸭要出彩光亮。

路上还接到一通电话，电话那头传来一个熟悉的声音，是我家旧邻，人称“隔壁老王”打来的。他要我去他家里，带上一本我签名的新书。好在他家住得靠近观前，签名的新书我也随身携带。我说知道，马上就到。“隔壁老王”是我家住牛角浜的邻居，拆迁后，他家搬至清州观前居住，还在沿街门面开了一家小的烟纸店。进到他家，满屋油香味，老王手拿着一包油氽窜条鱼给我，我也把一本书递给他，两人像“一手交货，一手交钱”的换物交易。老王开口说：“今晨去葑门菜场买了一些野生窜条鱼，回来洗净，腌渍，油氽，你来之前我刚氽好，还撒了一些五香粉，特地用你欢喜的老荷叶给包好呢！”我心想老王对我真好！

我捧着那包油氽窜条鱼，赶到新聚丰菜馆时，已华灯初上。那天恰逢太监弄夜市开放，人声鼎沸，热闹非凡，一批又一批年轻男女手捧着“网红”绿豆汤、奶茶、串烧，旁若无人地边走边吃，悠然自得。我想：他们赶上了一个好时代，年轻真好……

饭店包间里早已坐满了一桌人，就等我去开席。我落座后，只能说：“抱歉来迟了，让大家久等了。”随手拿出荷叶包着的油氽窜条鱼放上桌面，打开后，油香、鱼香、荷香四溢。我随口说道：“这是我好友送我的吃食，刚出锅，请你们尝尝味道。”那些上海朋友眼疾手快，人手一条吃得津津有味。一位上海老朋友对我说：

“这鱼好吃，真香，咸淡正好，还带一些甜味，我连鱼骨都没放过，全部吃了下去。”另有一位上海老作家，站起来说：“鱼吃了，味道真好。可我对那张老荷叶倍感亲切，淡淡荷香带起旧时吃食的记忆，在上海市面上已不再用这种老荷叶包东西了，绝版了！没想到在苏州还传承着儿时吃食的记忆。”我只能起身说：“在苏州市面上也少见了，只是我个人欢喜这样老式的包装，好友也是特地为我‘量体裁衣’的。”

那包油氽窜条鱼像是宴席的开胃菜，为整桌聚吃开了一个好头。这个小高潮过后，八只冷盆已放在桌上，虾子酱油白切肉、盐抹鸡、苏式酱鸭、海蜇头、酸黄瓜、葱油萝卜丝、卤素鸡、糟毛豆，有着各式口味，调制得恰到好处。上海朋友们尤其钟爱那盆虾子酱油白切肉（俗称），咸鲜味十足，还有那爽口的葱油萝卜丝、鲜甜口味的苏式酱鸭……

那晚上桌的热菜有清炒三虾、糟溜塘片、响油鳝糊、虾子茭白、清炒蟹粉（六月黄）、火夹鳜鱼等时令菜肴。那群上海客人，个个吃得兴高采烈，有人说道：“格些菜肴，侬出最大价钱，在上海是吃不到的！尤其是清炒三虾、糟溜塘片，在上海没有这种食材。”我也接话道：“在苏州吃的就是时令，今晚另有一道压轴大菜香酥鸭即将登场。店家定制此菜，从采办、治净、腌渍、烹制，要花费一整天时间。”话音刚落，服务员便端着一只硕大盆子，里边盛放一只刚出油锅的香酥鸭。随着此菜落桌，鲜香味飘荡在整个包间里，金灿灿的一只整鸭窝在盆中央，四周围着一圈荷叶夹，它是用来夹着香酥鸭一起吃的。我介绍道：“此菜乃苏州传统名菜，香酥鸭各地都有，做法各有侧重，苏州是水乡泽国，鸭源充足，品优质高，鸭肴乃苏常菜中的经典菜肴。唐代诗人陆龟蒙在吴养鸭、斗鸭、品鸭，留下了众多鸭馔名肴。苏州香酥鸭吸收外地菜系优势，充分加入地域元素，博采众长，使鸭肴口感尤受人喜爱。此菜选用四斤左右的鲜嫩鸭，洗净去脚及内脏，先腌制，加入多种香料后蒸制，最后入油锅，炸至色泽金黄。鸭皮酥脆，鸭肉鲜香，鸭内一些细骨都可嚼碎吃下肚。这些操作看似简单，其实还真不简单，鸭胚需选择当年的鲜嫩鸭，腌制时间要掌握分寸，使用香料要恰到好处。蒸制时不宜过烂熟，下油锅时，需大火火候，把控又要刚好。整个烹制过程，一环扣着一环，每个环节都不能马虎。”

我话还未讲完，在座的朋友都迫不及待吃了起来。不一会儿，盆中只剩下鸭头及鸭颈了，我看准时机抓起鸭颈放入自己的碗中。吃香酥鸭我常用手抓吃法，似乎这种吃法会越吃越香。其实香酥鸭我最喜欢吃的就是鸭脖子，里面都是活络肉，鸭皮酥脆，肉质细长鲜洁，香酥鸭中最精彩的部位非鸭脖子莫属了。

此刻我站了起来，对在座各位说：“你们看着我，检验一下香酥鸭好不好的时候到了。”我把碗中鸭颈皮撕下一块来，高高举起，扔在桌上，鸭皮酥散四开，我说：“此香酥鸭，做得真好，油润酥脆，你们看，扔下鸭皮，散成小块了。”我还建议大家用荷叶夹夹着鸭肉一起吃，可吃得别有情趣，面软鲜香，满嘴鸭香。那油润鸭肉的酥香气息在口腔久久回荡。

我坐下后，正准备开吃下一段鸭脖子，坐在我旁边的上海好友杨先生轻声说：“你盆中的鸭头颈也给我尝尝呀！”我用刀叉分了一半给他，也轻声说道：“你是一个识货的吃客朋友。”说完我俩相视一笑，津津有味地吃那段鸭脖子。

这顿晚饭随后还上来两道蔬菜及一大碗风肉冬瓜汤，大家吃得心满意足。本来还要来两道主食，无奈大家都吃到位了，尤其那香酥鸭配荷叶夹吃，每人至少吃一只，还有人自报一连吃了三只。最后我说：“在苏州吃饭，到最后就像电影《满意勿满意》一样，需问一声，你们吃得满意勿满意？”上海朋友异口同声，高呼满意！还有人补充说，这家店烹制的苏帮菜非但让人吃得满意，还要加两个字“服帖”！

这次晚宴以隔壁老王的“油氽窜条鱼”揭开序幕，又以新聚丰菜馆香酥鸭压轴，大厨厨艺精彩绝伦，尽显江南苏味独步天下之态。散席后，上海带队的杨先生拉着我的手说：“今晚你出场，我们吃得真开心，下次我还要带更多上海朋友来苏州吃苏帮菜。”我回应道：“欢迎你们再来，苏帮菜讲究时令，有些菜是可遇不可求的，下次我请客了！”

他们的制胜法宝，就是食材新鲜、日产日清，店家在菜单中直白地告诉你一句话：『我们没有太多的菜品给您选择，但我们一定保证菜品新鲜，因为新鲜是最好的美味。』

阿潘横泾菜

在当下的餐饮江湖上，“菜系之说”似乎越来越淡薄了，以地方为代表的地方菜越来越受食客的喜爱。原本就是“一方水土养育一方人”，地方的特色风味更会让人着迷。在苏州这座古城里，各种菜品相互交融，尤其在大力振兴新农村过程中，地方菜中的乡土菜品走红了。农村的田园风光、新鲜空气、优质食材、朴素民风，农田里的咖啡馆、临水的民宿花园等，吸引人们走进乡村，休闲旅游度假成了一种新时尚。

近期，在苏州饮食界，吴中横泾镇的农家风味横泾菜横空出世。他们先以横泾老面馆切入苏州市场，在苏州城南新市桥设店开业，后又在葑门横街等地设店售卖油墩、排骨、虎皮肉及蹄髈等食品，受到市民欢迎，形成了一股强大的吃食冲击波。横泾老面馆不仅供应农村旧式面条，价格低廉，还采用明档烹制，大锅高汤中炖煮着整鸡、整鸭、火腿、猪骨等满满一大锅食材，食客都能看到，近至有随手可拿的感觉，给人一种货真价实的观感。面馆里，一碗光面（阳春面）仅售5元。面馆门口专设一个橱窗出售10元3只的鲜肉大包，还有走油肉、虎皮蹄、青团、酱汁肉等时令吃食供应，方便人们购买。面馆每日供应焖肉面、爆鱼面、大排面等10多种面，供不应求。这种农家风格的饮食店，品种有特色，价格公道，口味上乘，一下子打开了苏州市场。

当横泾老面馆在苏州把生意做得风生水起时，人们才了解到该店的掌门人是一位名不见经传的“民间大厨”——潘治强先生。他虽年过中年，但已从业多年，对食材、烹饪有着许多独特见解，平时人们常叫他小名“阿潘”。他的师父更是大名鼎鼎的“苏帮菜宗师”潘小敏大师。师徒两人有许多共同特点，都姓潘，为人诚恳，做事低调，对烹饪技艺钻研，而且在经营上守正有道。他们带给苏州食客的是一批用新鲜食材、用简单朴实的烹调方式制作出来、有着浓厚农村风味的美食，并以实惠的价格出售，赢得食客的一致好评。

潘治强先生不仅在苏州市区开店大获成功，他在横泾镇上的家传“横泾老面馆”，也备受当地百姓欢迎，就连周边地区的人们也会开车去那里品尝面条，面馆真可说是日日爆满。潘大厨的烹调技艺在师父的调教下可称厚积薄发，他致力于扛起横泾菜的大旗，是有准备、有招数的。多年前，他在横泾镇南边、靠近太湖的新齐村，开设一家衡悦漫心饭店，主推太湖横泾菜。这家店虽地处农村，却气势非凡：店面朝太湖，空气清新，一条水面开阔的横江河呈“L”形绕过店面，房屋局部三层楼可眺望波光粼粼的太湖；底层房屋中央设一大水池，彩色锦鲤在那里欢快游荡；屋后有着大片开阔的农田，四季景色各异——春日油菜花金黄一片，夏时河道水塘荷花满塘，秋季农家屋前屋后稻谷满仓，隆冬田野里银霜菜绿。店旁有着1600亩的玫瑰花圃，花开时芬芳万里，景色迷人！

在这样的环境中就餐，犹如走进了“桃花源”，让人流连忘返。而饭店的菜品同样令人赞不绝口。该店供应以横泾特色菜为主的菜肴美点，说其是农家菜一点也不为过，但其味道尤胜其他饭店。他们的制胜法宝，就是食材新鲜、日产日清，店家在菜单中直白地告诉你一句话：“我们没有太多的菜品给您选择，但我们一定保证菜品新鲜，因为新鲜是最好的美味。”因着这句话，他家的菜品不过30多种，而且售价不贵，其中有不少菜品售完为止，数量有限，突出一个“新鲜”。该店菜单仅一张红纸，没有任何图片，仅标明菜品及售价。这里的菜品按照旧时横泾写法，都以“三”字为名，似《三字经》总有说不完的故事。

一、横泾三宝（招牌菜）

1.阿潘红烧肉：这块红烧肉是店家“看家菜”中的“头牌花旦”，用大厨名字命名，由潘治强大厨首创。采用农家柴火铁锅烹制，后转小锅焖烧，味浓色美。阿潘出身卖肉世家，对猪肉质量的把控轻车熟路，使得阿潘红烧肉成了该店必吃产品。

2.煤炉草鸡汤：选用自养农家土鸡，以一炉一锅的形式在煤炉上慢火炖煮。令人叹为观止的是，烧煮鸡汤用的水都是来自广西巴马的活泉水，汤清醇香，鸡肉鲜嫩，食后令人回味无穷。

3.潘大师松鼠鳜鱼：此鱼是潘治强传承师父的技法，又结合当地农村人的口味加以改良的一道菜。口感外脆里嫩，酸甜中带着时令水果的香味，出品时撒上芝麻，好吃卖相又好！

二、乡厨三拼（冷菜）

1.卤鹅三拼：卤鹅、油爆虾、莴笋

以卤鹅为“主刀面”，放入盆中央，两头安放油爆虾及莴笋丝，搭配合理。卤鹅为白色，油爆虾为红色，莴笋为绿色，三者合在一起，色泽艳丽，讨人欢喜。

2.猪肚三拼：猪肚、海蜇、马兰头

白切猪肚在农村有很多人喜欢吃，加上海蜇脆鲜、马兰头清凉，此三拼味虽只有三种，却可抵百味。

3.窜条三拼：窜条鱼、开心果、豆干

此三拼盆以窜条鱼为主刀面，两头拼入开心果及豆干。窜条鱼以爆鱼方法制成，味以咸鲜为主，回味略带甜味，乃佐酒佳品。

三、农家三品（农家老味道）

1.农家三打：油豆腐塞肉、百叶包肉、农家蛋饺

此三样菜品常出现在农家餐桌上，现以组合方式供应给消费者，凸显农家风味，好吃又实惠。

2.咸味三蒸：香肠、咸肉、百叶

看似简单的三拼食材，烹饪上以蒸制方法留住鲜香，原汁原味。百叶中和了咸度，实在是烹调有方。

3.老式三烧：慈姑烧肉圆、盐卤老豆腐、红烧麻鸭

此三样菜品各有特色，均采用旧式农家烧法，最大限度地保持原味，简单而味美。真能吃出儿时口味，勾起回忆。

四、老式三鲜（湖鲜）

1.红烧杂鱼：此菜对食客来说是必吃菜，此菜都是选用天然野生小鱼红烧，其鲜美度可抵大餐。

2.泉水鱼头王：只是每天数量少，售完即止。顾名思义，此菜是用泉水烹制的砂锅大鱼头，还可根据食客要求加入粉皮或豆腐等辅料，也可加辣，似菜似汤，满满一大锅。在太湖沿岸品吃此鱼头，真有心旷神怡之感。

3.盐水河虾：鲜活的河虾在水中煮一下，加入盐、葱、姜、酒即可，是农家老式吃法。清爽可口，真可吃出虾肉天然的丝丝甜味。

五、田野三样（鲜菜）

1.藕饼：选用当地农村湖塘鲜藕，取较老一头剁成碎末与面粉调和，加入调味料制成饼坯，在锅中慢慢煎熟，香糯可口，风味十足。

2.烧笋：此菜用农村房前、屋后竹园里刚出土的竹笋，打块红烧，鲜嫩香脆，颇具田园风味。

3.菜尖：采用时令蔬菜顶端的尖，用素油煸炒成熟，清香软糯。可根据不同时节，更换蔬菜品种，吃一个新鲜。

六、乡村三件（主食）

1.菜饭：乡村的菜饭都用木柴大铁镬烧制，所用大米为当地大米，青菜为原产地现采，加入自腌的咸肉丁，烧制成熟，香气四溢，吃了放不下筷。菜饭锅巴脆香，给人另一种鲜香的味道。

2.肉包：鲜肉包是这家店的著名美点，馅大皮薄，外皮松软，馅心鲜美多汁。这肉包子吃罢，还可买几只带回家，同亲友分享。

3.老汤面：这碗老汤面是该店的起家产品，不落俗套，宽汤面软，鲜味悠长。作为主食来吃，再恰当不过！

这六个部分的“三”字起头菜肴是他家的主打菜，另有饮品、汤菜、应时菜点作补充，形成了完整的一套菜品。潘治强大师所掌控的横泾老面馆、衡悦漫心饭店，敢于亮出横泾菜品牌，叫响确保菜品新鲜的口号，不是空穴来风，是以菜肴面点的质量来说话。其背后还有一家实力雄厚的苏州鲜丰食品生态农业有限公司作为支撑，潘治强是该公司的董事长，公司旗下有农产品种植、禽畜饲养、大型食品加工、冷藏等产业，每天送往市区的猪肉、菜蔬、大米等，成千上万吨，仅运输冷链车辆就有40多辆。有了这样强大的平台，他家所有产品来有源、质有守。潘治强大师平时总谦逊说自己开办的是小面馆、小饭店，实际上他才是当下餐饮界的真正“大咖”。他怀有一颗赤诚服务的心，常说他家菜点要让苏州的老百姓“买得动，吃得起”，这是他开店的宗旨。年内，他还有几家特色店要开业：3月底，在吴中长桥长兴街，另一家横泾老面馆开业；下半年，在横泾前张墩自然村，十二灶吴灶文化体验馆开张营业。这是一家颇具乡土文化的饮食店，店内有十二样不同形式的老式灶头，共有二十一只灶眼，可同时起火烹调，重灶、轻灶，连旧时的“老虎灶”都有，样样俱全。店内采用开放式的中岛设计，客人点了菜，厨师可在灶头上当面现烹，场面蔚为壮观，另有一番新天地。

阿潘的企业将越做越大，门类越来越多，可以预见，太湖横泾菜在潘治强大师的真抓实干下，道路将越走越宽广，真为苏州菜的提升发展增添色彩，注入新的活力！

苏州为江南著名的鱼米之乡，人们常说『吴人善治鱼，吴人善食鱼』，苏州的菜谱里记录着上百种淡水鱼类及其他水产类的菜肴。

苏州人吃海鲜

说到吃海鲜，旧时苏州人一直处在可吃可不吃的状态中，因为在水产品里，苏州人放在首位的是湖鲜，其次是江鲜，最后才轮到海鲜。苏州地处太湖之滨，北依长江，东近大海，四季分明，气候温润，交通发达，区域优势突出，物产丰饶，长年湖鲜不断，各色鱼菜花样繁多，许多鱼馔有典故，有来历，形成江南特有的“鱼文化”。江鲜又四季交替，常作补充，海鲜倒是有啥吃啥，正是靠山吃山，靠水吃水。生活在苏州的人也真有福气，湖、江、海三鲜鱼品一年四季随时都能吃到、吃全。

旧时苏州人吃海鲜多吃带鱼、黄鱼、鲳鱼三种鱼，有时还吃些乌贼、马鲛鱼、鳓鱼等，其他稀奇古怪的海产品是不碰不吃的。那时海鲜保鲜、运输条件都跟不上，海鱼一般起水即死，新鲜程度比之湖鲜、江鲜差远了。苏州人舌尖又挑剔，海产品只能靠后了。苏州人在吃海产品上，可以吃出花样，但总排斥吃怪异的海产品。在口味上追求清淡、鲜香、原汁原味，在菜肴品质上力求精细、风雅、时令、养生，总怀着对食材的敬重，是崇尚自然的吃法。

苏州为江南著名的鱼米之乡，人们常说“吴人善治鱼，吴人善食鱼”，苏州的菜谱里记录着上百种淡水鱼类及其他水产类的菜肴。就拿海产品来说，苏州人多食黄鱼、带鱼、鲳鱼，俗称“海三品”。苏州人对这三种鱼另有自己的称呼，黄鱼称为“石首鱼”，带鱼称为“裙带鱼”，鲳鱼称为“叉片鱼”。不知何故，这三种鱼在旧时，菜馆饭店中仅大黄鱼能上餐桌，而带鱼、鲳鱼在家庭餐桌上出现得更多。但在一些小饭店、包饭作坊里常有小黄鱼、带鱼、鲳鱼供应，而且价格低廉。

被称为“石首鱼”的黄鱼在吴地也是较受欢迎的海鲜。黄鱼无小刺骨，肉质鲜美，因鱼头里有白色块状鱼骨，故称“石首鱼”。旧时在苏州品吃黄鱼也是一种时尚，谚曰：“楝子花开石首来，笥中被絮舞三台。”言典卖冬具来买黄鱼吃。古时海潮可直达姑苏城下，有道是“潮来石首满吴中”，苏州人嗜黄鱼之风一度盛行。

苏州常见的黄鱼菜肴品种有红烧黄鱼、汤黄鱼、醋熘黄鱼、煎黄鱼、黄鱼羹等。有一道剥皮黄鱼为老祖宗传下来的古菜，顾禄所著的《桐桥倚棹录》中亦有记载。此菜把鲜黄鱼治净，去首去皮，将鱼肉劈成月牙状，调味后，入油锅烧熟，与调好的玫瑰腐乳汁等搅匀制作成品。此菜色泽艳红，外脆里嫩，鱼香花香，回味鲜甜，一直是食客首选。旧时苏州的“老法菜馆”制作黄鱼菜肴有多种要求，如汤黄鱼一般是不放雪菜的，认为用了雪菜档次就低了，入汤之物只用笋片、冬菇片、熟火腿片等，上桌前还得撒些胡椒粉。

旧时苏州松鹤楼、义昌福、新聚丰等菜馆在黄鱼汛里，都有汤黄鱼、干烧黄鱼、松鼠黄鱼等应市。苏州大厨宰杀黄鱼有固定手法——去鱼鳞及背鳍，挖去鱼鳃，用竹筷子自鱼嘴中掏尽内脏，保持黄鱼的完整性，鱼大的在鱼身上浅割十字花刀等。家常菜中最常见的是红烧黄鱼：将黄鱼洗净，在锅中两面煎黄，加入料酒、酱油、糖等红烧而成。在苏州，烹制红烧黄鱼时必加一物——大蒜头，似乎大蒜头与黄鱼是标配。在苏州，逢五月初五端午节时，几乎家家户户争烧黄鱼，那时节的黄鱼也成了应景之物。黄鱼用盐腌制后晒成鱼干，另有一种风味，与鲜猪肉同烧又成一道家常名菜。腌制风干后的黄鱼在苏州被称为“白鲞”，也称“黄鱼干”。另一款苏州人夏季最爱吃的虾子鲞鱼，采用海中鲜鳓鱼腌制晒干，与鲜虾子烹制成一道吴中名肴，鲜美至极。

带鱼在苏州人口中被称作“裙带鱼”。有称此鱼在海中被钓起时，后面一条鱼会咬着前面一条鱼的尾巴，钓起一条能收获数条，故有此称呼。也有说此鱼外形像带子一样长，银光闪烁，煞是好看，因此得此称呼。

带鱼肉质鲜嫩，是寻常百姓餐桌上的常客。有人还认为带鱼不是海鱼呢！其实带鱼常年生活在海洋里，成群结队。苏州人常吃带鱼，一直认定浙江舟山等地区的东海带鱼为上品，称为“油带鱼”“小眼睛带鱼”。这种鱼冬季最为肥美，细皮嫩肉，油脂饱满，苏州人常用来红烧。过去有一时段人们生活拮据，经济困难，少衣缺食，国家对粮食、肉、鱼等按票供应，有时买到两斤带鱼真是欢天喜地。多数时候把带鱼洗净，切段红烧，还得多放些汤水。冬季过夜后，汤汁结冻，带鱼尤其好吃。

带鱼除红烧、干煎、清蒸外还有多种烹饪方法。沪上人家对吃带鱼也情有独钟，吃法多样，其中最常见的是糖醋带鱼，风味独特。上海（出版）公司在1957年出版带鱼菜谱，记录沪上、苏浙地区六十四种带鱼烹制方法，堪称吃带鱼的典范。在饮食的江湖道上，人们还一直争论着带鱼外表的银色鱼鳞要不要刮掉。有人指出带鱼表皮无鱼鳞，是一层膜，称为“银脂”，营养价值颇高。一些浙江地区的人们吃带鱼不刮鱼鳞，尤其新鲜带鱼，用清蒸方法保持带鱼那一层银脂，味道鲜美。而苏州人吃带鱼必刮鱼鳞，恐带鱼外表不洁，氧化变质，腥味过重，影响口感。各地有各地的吃法，也无须统一，适口者为珍。在吴地，另有用大量盐腌制咸带鱼的做法，口味“死咸连天”，但尤其受广大农民喜爱。农耕大忙季节，农民忙于农活，用这种咸带鱼切段炖在饭镬上，饭烧好菜亦好了。带鱼咸味过重，但下饭，农忙人出汗过多，此种过重的咸味补充了身体中缺失的盐分。

苏州人吃的海鱼中，鲳鱼一直是绕不开的品种。苏州人称鲳鱼为叉片鱼，此鱼头小体大，呈扁形，体内仅一根大骨，无细刺，很受大众欢迎。鲳鱼中有金鲳、灰鲳、乌鲳、白鲳等，因其鱼鳞色泽不同，各有称呼。苏州人吃鲳鱼尤爱白鲳。白鲳又称银鲳，肉细味美，红烧、清蒸均有佳味。在苏州，鲳鱼吃法中最为人所津津乐道的，是做成苏式爆鱼样。把鲳鱼洗净、打片，在调味料中浸渍数小时，下油锅氽至成熟，回锅至卤汁中稍煮一会儿，成品装盆，鱼香扑鼻，微咸、微甜，鲜味十足，冷食热吃都可，风味一流。

在一般苏州人家中，鲳鱼多是以红烧为主，口味随意，咸鲜、微辣均可。鲳鱼讨人欢喜之处除肉质鲜嫩又无小刺外，还有身体扁平、鱼肉易熟等特点。在旧时一些饭店、酒家，有一种熏鲳鱼出售：鲳鱼打片，调味后以木屑、茶叶、红糖等为料，烟熏至熟。此种鲳鱼真乃一家吃隔户闻香，而且价廉物美。清蒸鲳鱼在家常烧法中也受人们欢迎。鲳鱼清蒸，操作简单又能保持原汁原味。苏州人蒸鲳鱼讲究一次性投料，即在蒸鱼时把葱、姜、酒等调料一次放入，控制蒸制时间。鲳鱼蒸熟后趁热吃，肉肥味香，入口丝滑，香入心田。

现阶段海中黄鱼、带鱼、鲳鱼已今非昔比了，都成了“贵族”，在苏州许多宴会上常有出现，上得了台面。人们喜欢这些海鲜，又做得精细，大多分段、分片出售，如酿蒸黄鱼一小段、糟煎带鱼一小块、干烧鲳鱼一小片。老苏州人仍钟爱这海中“三件套”，时不时会寻味而去，有时也会把黄鱼、带鱼、鲳鱼这三样一起红烧，鲜鲜美美的滋味令人神往。

当下海产品已十分丰富，品种多得让人难以置信。一些人也赶着潮头，认为吃海鲜高档、时尚。在苏州的餐馆饭店中，基围虾、石斑鱼、象拔蚌、青蟹等各种海鲜屡见不鲜，有一些海鲜靠着“生吃”吸引食客，一些婚宴也用高档龙虾、东星斑等来“撑门面”。从国外进入市场的冷冻海鲜随处可见，更有鲜活海鲜空运到市场，三文鱼、鳕鱼、澳洲龙虾、阿拉斯加帝王蟹等，成了苏州宴会中的“新宠”。市场大了，品种丰富了，人们生活水平得到提高，一些海鲜馆也应运而生，有一时段似乎在苏州吃海鲜也掀起了热潮。但也有许多不尽如人意的地方，人们对自然界索取过多，海洋污染加重，许多原生态食材正在减少，甚至绝迹。旧时苏州人最爱吃的带鱼、黄鱼、鲳鱼，尽是原生态的、野生的，现在只能靠人工养殖来满足市场了。大量靠饲养生长起来的各种海鲜，外形依旧，但肉质变化较大。靠人工养殖的鱼类大多肉质粗糙，鲜度尤低，只能靠调料增加味道了。

对苏州人来说，可根据经济情况选择食用湖鲜、江鲜、海鲜，但切莫舍近求远，一味追求新潮。生活还得精打细算，不管时代潮流和社会风尚怎样，在吃食道路上得走好自己的路。时髦吃食只是表面光彩，在生活中真正的享受是淡泊带来的快乐。

把盞開宴

一年四季十二个月，每一个月有一条鱼总会让你开胃畅吃，吃得舒服，即一月塘鳢鱼、二月鳜鱼、三月甲鱼、四月鲥鱼、五月白鱼、六月鳊鱼、七月河鳗、八月鲃鱼、九月鲫鱼、十月草鱼、十一月鲢鱼、十二月青鱼。

姑苏·青鱼宴

在家闲着无事，我在书房用隶书字体随手写下“青鱼宴”三个字，发在朋友圈消遣，却被一位饭店经理看到索要去了。他说免费请我去品吃一顿青鱼宴，我暗想自己不是书法家，写字只是爱好，随手一写换来吃一顿“青鱼宴”入场券，也是一件蛮开心的事！就在家等着吧！

苏州人爱吃鱼，有一张祖传的吃鱼对照表，一年四季十二个月，每一个月有一条鱼总会让你开胃畅吃，吃得舒服，即一月塘鳢鱼、二月鳜鱼、三月甲鱼、四月鲥鱼、五月白鱼、六月鳊鱼、七月河鳗、八月鲃鱼、九月鲫鱼、十月草鱼、十一月鲢鱼、十二月青鱼。其中，临近年关的十二月青鱼尤为重要，过年吃鱼寓意为“年年有余”，家家户户都得备上几条，鱼多了还会用盐腌制起来，挂在屋檐房后交给时间晾吹，过年后又可吃“风鱼”了。宋代诗人范成大在《吴郡志》中写道："吴人重青鱼，以为上味。"

青鱼是淡水湖里的一种大型鱼类，以螺蛳为食，因此也被称为"螺蛳青"。此鱼大至几十斤上百斤，小的也有四五斤。此鱼体态修长，象征着长寿；其鳞片闪耀，寓意为富贵；其肉质鲜美，代表生活美满，因此被苏州人视为吉祥之物。十二月，苏州农村有一种"起荡鱼"的习俗。冬季年关前夕，人们抽干河道、鱼塘的水，起鱼捉虾，又挖净淤泥，有利于来年再养鱼虾。这样的习俗使得每年过年前夕，总有大量鱼腥虾蟹出市，农村家家户户总能分到一些鱼虾，那些硕大的青鱼、草鱼等在市场上出售，形成一个鱼市小高潮。

十二月，大量青鱼上市，苏州多家饭店、酒家都会主打以青鱼为主料的应时鱼肴。青鱼从头到尾，样样可吃：鱼皮可做成水晶脍，鱼尾能烹制成著名的青鱼划水，鱼肉肚档可做成红烧鱼块，鱼身可做成鱼片、老烧鱼、青鱼煮糟、青鱼川糟、红烧秃肺等。一些高档的精致餐厅更会推出一年一度的青鱼宴。

终于，在十二月的一天，我等到那个饭店经理打来电话，经理约我第二日中午去品吃青鱼宴。我当然如约而去，兴致勃勃地到达那里，迎宾员把我领进一个餐厅，里面仅放着一张大餐桌，餐厅宽敞雅致，四周落地窗户，明窗干净，同坐的还有一些食客和美食"达人"。我落座后，一眼望见餐桌中央那只小转盘上，放着"青鱼宴"字牌，已用镜框装饰起来。看起来，"青鱼宴"三个字写得还算挺括、舒展，我看着自己写的字，想着要吃这一桌菜，更加自得其乐了。

按照苏州人的吃法，青鱼宴最先上桌的是冷盆，有"六味碟一顶盆"的说法。出人意料的是，头道顶盆冷菜是一条如水晶一样的鱼，全身通透晶亮，如同活鱼一般，鱼肚内的鱼子似乎还在抖动着呢。看食单方知，此鱼唤“鱼鳞鱼”，采用青鱼鳞片、高汤等物熬煮成浓膏制成。食用时，加入油醋汁，鲜不可挡，鲜美指数直逼河豚。苏州古籍菜谱中曾有“水晶脍”，今有“鱼鳞鱼”与其做法异曲同工，说明这家餐厅的苏州菜在传承中求变，又在变化中升华创新。清代诗人袁枚曾把青鱼列为“水族之美者”，青鱼美味仅在一片片鱼鳞中就求得闪光，一席青鱼宴就在这一抹光亮里开启了。

另有六冷菜：

1.鱼皮黄金菜：将青鱼皮与山东黄金白菜梗切丝，熟后加入调料成菜，口感爽脆、酸甜，乃佐酒佳品。

2.吴王鲜生鱼脍：老菜新做，把青鱼肉切成粒，配以藠菜、芋头、春不老等多种食材搅拌成形，做成球塔状，顶部点缀小花。历史上曾有诗仙李白喜食鱼脍之说。

3.宝尖菠菜鱼酱：以菠菜包入笋粒、青鱼酱为特色冷菜，“酱者，百味之将帅”。鲜字当头，味在其后，清口味长。

4.古法酥爆鱼尾：采用苏式爆鱼做法，取用青鱼尾部中段鱼肉，腌制、油炸，以酱露浸渍，口感酥香，回味鲜甜。

5.虾子青鱼焖蹄：以古法苏帮菜“卷子生”为灵感，采用焖蹄和焖肉，加入青鱼肉卷、虾子、莴笋等，卷成筒状，熟后切片成形。此菜风味独特，酱香鲜美。

6.苏式烟熏糟青鱼：此菜采用传统做法，选用青鱼中段，用茶叶、糖等烟熏，再以葱油结顶，入口鲜香，被认为是一道下酒神物。

此青鱼宴的冷菜开场足以精彩，烹饪方法多样，糟熏、酥焖、生脍、酱渍等多种技艺叠加，菜品精美异常，口味丰富，吊足了食客的胃口。

接下来登场的是一道汤菜，名为“汆糟鱼羊鲜”，用滩羊、青鱼腩（糟制）为主料，加入鱼泡、筒骨、鸡爪慢煮，熬制成汤，汤鲜物美，鲜味指数爆棚，暖心开胃，让人在大快朵颐中体察到苏州深厚的饮食文化。

热菜共有八道，最先上场的是“姑苏煎糟划水”。“划水”指青鱼的尾，有“活络肉”之称，采用先煎后烧的方法，小火慢烤上汁收芡，浓油赤酱。大青鱼肉质细嫩，鱼尾外皮肥腴胶汁多，口感糯滑鲜甘。在苏州鱼馔中，有“青鱼尾巴，鲢鱼头”之说，是老苏州人的最爱，已传承千年。

紧接着的是“新年一帆风顺”。此菜上桌，食客拍手称好。此菜采用大青鱼的鱼鳍，配以黄辣酱蒸制，入口鲜辣。出品时鱼鳍倒立在盆中，立体感超强，酱汁如同水面一样，其形状像一艘扬帆起航的船只，故有“一帆风顺”的美好寓意。此菜出品有模有样，寓意吉祥，口味鲜中带辣，大厨构思巧妙，烹制精细，真有神来之笔之感！有人赞叹道，这道菜品是他近几年品吃过的最佳菜品之一，还有人说，此菜可能是整席青鱼宴中最出彩的菜肴！

此时，在座食客要我对此菜作出评价，说实话我已很久不对菜肴作现场评论了，这次我也被此菜触动，说：“按我吃食之道，此菜可称‘外秀内慧，品学兼优’了。”说实话，虽然苏州传统苏帮菜中辣菜很少，但在当下，社会进步、经济发展带来人员剧增，饮食口味随之在发生变化，“吃香喝辣”已成潮流，此菜正是这股潮流中涌现的精品杰作。

随后的几款热菜，款款有新意，口味各不相同。醋溜甜葱鱼腩将红烧青鱼肚档加入甜葱，口味酸甜，芡汁明亮，讨人喜欢。古法萝卜鱼丸将冬天吃的萝卜与青鱼肉粒融合制成鱼丸，在鸡汤中烹熟，又撒上翠绿金花菜点缀，是一道汤鲜味美的菜肴。大厨排菜的用意是，吃了前面多道菜肴，这道菜可助消化，因为菜中的萝卜能起到消化的作用。

吃到此时，我突然回想起明代文人张岱在《陶庵梦忆》中描写的"青鱼之美，在肝在尾"一句。青鱼尾刚吃到了，接下来那就静候青鱼肝吧。

"说曹操，曹操就到"，送上桌的是一道豆花粉皮鱼云，这里的鱼云指的是青鱼肝。此菜以青鱼头眼膛肉、鱼肝为主料，配以豆花、粉皮、雪里蕻、酱料等食材慢炖。菜品融为一体，最上面覆盖软嫩豆花，此菜灵感来源于苏州老菜——青鱼秃肺（肝）。使用当今更多食材，口感层次丰富，嫩豆花加入与鱼肝相宜相配，效果奇佳，细密如绵，肥腴嫩滑，带着淡淡椒香味，新式不落俗套。我细品着鱼肝，粉嫩中带着细绵，鲜糯里带着香润，心中暗暗叫好。

在青鱼宴中，除了烧、煮、煎、炖，还少不了一道炸的菜。此时大厨亲自送上桌的是一道"芝麻玫瑰鱼盒"，是他用心创制的新菜。这道菜采用面糊做皮，撒上芝麻，内中包裹着青鱼肉粒、虾仁、马蹄等，做成鱼盒，入油锅炸至金黄，鱼盒上面淋上玫瑰酱，撒上海苔丝。此菜香脆可口，色泽红亮，吃上一口，鱼鲜花香在口中邂逅，深感大厨的制作智慧。此道鱼盒如同旧时文人墨客笔下常念叨的苏州风雅茶食里的珍品，今日落到青鱼宴的餐桌上，各路食客个个称好吃，是色味形俱佳的菜肴！

青鱼宴吃到此时该落幕了，没想到还有两道菜肴，按着店家的节拍上桌了。一道是青鱼东坡酱方，用苏式东坡肉做法，使用青鱼肉做成这一道菜品。这道菜不仅有东坡肉，还巧妙镶入香菇、冬笋、鱼肉，以苏式风味灵感演绎湖鲜的美味。

另有一道是雪菜冬笋卷菜，将冬笋、雪菜、青鱼肠炒合在一起，鲜美至极。青鱼肠粗壮厚实，是一道少有的美味，苏州人称之为“卷菜”，加入雪菜、冬笋，是冬日里的佳品，既应时令又韵味长。有食客道，此菜可遇不可求，因为只有大青鱼鱼肠可成菜，也只有在苏州才能吃到此菜。

一道东山蜜橘爆珠夹在热菜中间上桌，采用西餐甜品做法，做成珍珠似的形状，内中装满酸甜橘汁。吃进一粒，汁液爆满口腔，微酸微甜。吃了多道菜，这爆珠用来清口，可见店家用心良苦，菜品设计合理，又充满人情味。

综观这一席青鱼宴，无论是菜品形式、口味，还是摆盘服务等都是尽善尽美的，可见这家餐厅当下的菜肴品点及烹饪技艺达到了一个新的高度，在苏帮菜的传承创新上迈开了坚实步伐。更可喜的是，一批中生代厨师在成长，他们不拘泥于传统旧法，善用新的思维及全新的技艺，在苏帮菜制作中融会贯通，展现了精湛的技艺。他们还用国际前沿的烹饪眼光，实现传统与现代的对接，让苏帮菜在保持本真的同时拓宽新的生命维度。

我也深感，在品尝这席青鱼宴的美味时，不仅在享受美食，更在品味一段悠久的饮食文化历史，这一桌青鱼宴承载着人们对美好生活的向往、追求！

最后我自告奋勇地向在座食客、美食爱好者说一句："这席'姑苏青鱼宴'值得推广！"他们鼓掌以示赞同。

宴请临近结束时，店长带着众厨师、服务人员前来致谢，我们纷纷站立起来，竖起大拇指称赞，回到家里，我似乎还沉浸在青鱼宴的氛围里，静下心在书房又写下"姑苏青鱼宴"这几个字，以作纪念。

苏滟中餐厅在正月里开启春韵宴，我赶了个早市，虽然离桃红柳绿还有一段时间，但此宴就像『春姑娘敲门』，味已启动，春在人间了。

头宴·春韵

甲辰年（2024）正月十二中午，苏州W酒店苏滟中餐厅举办了一场春韵酒席。这场充满春味的宴席由上海兴园宾馆与W酒店中餐厅联合推出。沪上炙手可热的美食作家沈嘉禄先生、苏籍沪上名师徐鹤峰先生、兴园宾馆黄总经理及我一同品鉴了这场美食盛宴，另有多位媒体记者及美食“达人”共进午餐。

苏州W酒店坐落于苏州金鸡湖湖西核心区域，苏滟中餐厅位于酒店的34层，邻旁即著名的东方之门高楼。餐厅四周是落地玻璃窗，通透明亮，往外看去，美丽动人的金鸡湖如在脚下，粼粼湖光与湖东的“国金”摩天大楼遥相呼应。那里景色宜人，风光无限，在此处就餐，真是美食加美景，使人心旷神怡！

那天推出的春韵宴席，构思新颖，菜点独特，虽道数不多，但精致细巧。头道冷菜名为“花开富贵”，艳红纷致的樱花萝卜片夹着鲜带小片，围成圆圈，上面配有翠绿的嫩豆及深褐色的鱼子酱，色泽惊艳。吃一块，是微酸微甜的口感。菜品既有花的模样，亦有花的清香！

第二道冷菜即双味鲍鱼片块，一为用当季香椿叶子包裹鲍片，春芽清净芳香，鲍片嫩鲜，上品味道；另一为黑色梅干菜酱汁鲍片，风味浓郁，鲜劲十足。此冷菜色泽上青绿与黑色对比，增加了视觉上的美感。

第三道冷菜呼应龙年主题，采用龙头造型，为椒香型芝士虾球，口味多样，辛辣口感对味蕾有着不小冲击，似乎也打开了人们的胃口。

如今在很多宴席上，时不时都有些中西结合的菜肴出现，这也说明中餐在不断发展中借道西餐，提升产品质量，也给消费者提供了多样、新派的菜式。

头道热菜是樱桃海参，酱汁淋满海参，海参内酿藏着殷红酱汁樱桃肉。要说其口味，鲜糯凝为一体，味美可口，真是意想不到的好吃。此菜构思巧妙，浓郁鲜醇极了！苏州传统菜肴中有酿海参，但酿藏里边总是虾茸或鱼茸，而如今大厨将樱桃肉剁细后，酿入海参，还真别出心裁，真用心了，

乾坤糟方，是本次宴席中的大菜，四方形大块糟扣肉，四周围上用松子结顶的马蹄，增色又增香。此菜色泽枣红，糟香扑鼻，入口即化，这块糟方受到一致好评。沈嘉禄先生介绍此菜的制作由来，以及他品吃此菜的食经，引得那些媒体小编、美食“达人”忙于记录。有人问我此菜属何种菜系风格，我说：“这是十足苏州地方风味特色

菜，已流行上百年了。”

热菜中的“锅贴塘片”，采用吴地当季菜花塘鳢鱼，构思奇特，制成锅贴形在锅中煎煮而成，鱼肉鲜嫩，式样小巧玲珑，让人记住了模样，又留住了口味。邻座的徐鹤峰大师讲述制作此菜的秘诀，又说，塘鳢鱼是苏州人春季最爱，用此鱼做菜，体现苏州人“不时不食”的饮食理念，做成锅贴形的塘片，是烹调技艺上的讲究展示，说到轻快处，他又把此菜口味称赞了一番。

汤菜上桌让在座食客大为惊喜，那汤菜名为“燕笃鲜”，做法另类。腌鲜高汤中游荡两只“结页”，一只包藏着腌鲜肉，另一只包藏着燕窝。兴国宾馆黄总经理着重介绍此菜的构思，腌笃鲜为当令名菜，现采用百叶包腌鲜肉，另用竹荪包燕窝，故称为“燕笃鲜”。巧妙的还有那汤仍采用旧法，将咸肉、鲜肉、毛笋一起熬煮。我吃过无数腌笃鲜，但那日尝到的真与其他大不相同，鲜味冲顶，制法上精益求精。

那天宴席的主食是螺蛳肉炒饭，清明前螺蛳应景应时，采用堂食即烹现炒的方法，炒出了满桌春味浓浓。

想不到还有一小高潮，即甜品上桌，称赞声此起彼伏。此甜品装在一个透明水晶杯中，采用刚出芽还未上市的碧螺春芽打底，加上水中碧螺春（鲜莼）嫩芽，两者为伍，投入糖糕片，绿色透亮，又充满淡淡的清香味。躲在绿色基底上的则是一个精巧的巧克力，香螺状，犹如水中精灵，可爱至极，让人不忍下筷。当下，苏州高端餐厅对最后的甜品十分上心，苏州大厨本就心灵手巧，在西餐甜品风潮的推动下，江南美食甜品越来越丰富，甚至出类拔萃到能到世界上拿奖了。我也知道甜品在餐桌吃食里称“封口”，吃罢此甜品，宴会就将结束了。吃完此甜品，我口虽被“封”了，心里却起伏不定，因为被春韵宴中的菜点感动着。

苏滟中餐厅在正月里开启春韵宴，我赶了个早市，虽然离桃红柳绿还有一段时间，但此宴就像“春姑娘敲门”，味已启动，春在人间了。

入秋后的姑苏城天高云淡，清风明月，丹桂飘香，登高、赏菊、品蟹乃是不可或缺的雅事。食蟹，苏州人『自有一套』，认为蟹胸肉胜白鱼、蟹螯肉胜干贝、蟹脚肉胜银鱼、蟹黄蟹膏胜八珍，总之吃蟹是人生中的幸事。

苏州蟹宴

在苏州的诸多风物中，阳澄湖的清水大闸蟹总是排在首席，用蟹制作出的各类菜点，又数不胜数。有说：一蟹上桌，百菜无味。足见蟹的味道威力无穷，味绝天下。章太炎夫人汤国梨写下名言："不是洋澄湖蟹好，人生何必住苏州。"可见蟹对苏州人的生活影响巨大。

入秋后的姑苏城天高云淡，清风明月，丹桂飘香，登高、赏菊、品蟹乃是不可或缺的雅事。食蟹，苏州人"自有一套"，认为蟹胸肉胜白鱼、蟹螯肉胜干贝、蟹脚肉胜银鱼、蟹黄蟹膏胜八珍，总之吃蟹是人生中的幸事。

去年中秋后第三天中午，我被邀去一家餐厅吃了一顿蟹饭。我早就知道这家店菜肴讲究，可真要说上些什么，只有认真去吃了才有发言权。说是吃一顿蟹饭，其实是一席正宗的苏州蟹宴。同道一起吃的，有食客、大厨，还有媒体朋友。最先登场的是色艳味美的六款精致冷菜，其中尤其捕获我心的有四道冷菜：

一是花椒卤水大闸蟹，集鲜香肥腴甜美为一身，嗦上一口，满满的金秋味道。我想起《吴门新竹枝》写醉蟹："横行一世卧糟邱，醉蟹居然作醉侯。喜尔秋来风味隽，衔杯伴我酒泉游。"熟醉蟹又能吃出另一番的新天地！

二是创意无限的藏书羊糕蟹黄冻，色彩斑斓又鲜道无限，羊肉与蟹黄凝结冻在一起，分金黄枣红上下两层，被切成小巧的长方块，排列齐整，美观极了。此味就像周作人先生在《知堂谈吃》中谈到的吃蟹："此菜可下饭但过酒更好！"

三是金秋菊酪蟹肉盅，此菜以古法"橘酪鸡"为灵感，以橘子汁做啫喱，佐以柚子肉和蟹肉共同呈现。旧法新做，口感微酸微甜，真有"才下舌头，又上心头"的美味，又是一道贯通中西的名菜。

四是秃黄油皮蛋豆腐，把顶配高味注入豆腐里，肥润的皮蛋镶嵌在周边，吃上一块，口感鲜糯，真是神来之味！难怪东坡先生曾说，有豆腐可吃，何必要吃鸡豚也。

另有两款冷菜，并非"等闲之辈"，只是前面吃多了，余下浅赏为止，感触不深，不宜多加评说了。

热菜上桌，总掀起高潮。蟹粉千张鲃肺汤把汤、点、菜融合在一起。千张包子原用百叶或豆腐衣包入馅心制成春卷状，加入粉丝及高汤，为苏州人下午常吃的汤点。现大厨把千张包子馅心改为蟹肉，又与金秋时节里鲃鱼肝、鱼肉等多元结合，制作成汤菜，创新无限，美味层次叠加，是一道构思巧妙又不失本味的好菜。即使是吃过鲃肺汤的于右任老先生，若能再来吃这碗蟹粉千张鲃肺汤，想必会觉得更过瘾。

老姜蟹黄焖土鸡，鸡与蟹同行，味不可挡，中间媒介是姜，配合相宜，姜被切成细丝，上面有翠绿大葱，形成三色三味。姜丝在此刻既是调味料，又是辅料，我吃得十分舒心。那蟹黄的使用真有画龙点睛之意，用焖制的土鸡味道真可谓“称霸一方”。

菜单中有一道菜名为烂糊金银大佛手，我一直好奇此为何等菜肴。上桌后，才知晓此菜采用山东黄金白菜，加入现拆蟹粉，投入适量苏州东山白果，满满当当一大盆，香气逼人，口感肥腴糯鲜，还有丝丝白果苦味，真是别有一番风味，与以往苏州名菜——烂糊白菜有异曲同工之妙。

糟蟹油金砖白玉，取白鱼中段去骨，配以金黄蟹黄铺之面上，还有朵朵白色贡菊花相伴，高贵之相，一望便知。采用清炖技法，加入古法制作的本地产“糟油”，上桌后鲜香四溢，味达顶点，真有点“莼鲈之思”的味道，人人叫好！

平江王府荤粉皮，将蟹粉与甲鱼裙边搭配烩在一起，经大厨精心调制，精彩非凡，裙边晶莹透亮，似家常菜中的粉皮，却富含丰富的胶原蛋白。蟹粉色泽金黄、鲜劲十足，两者相配得宜。在吃法上也有新的变化，每人配以一小碗白饭，糅和之后食下。欢乐之余，我想到来吃蟹饭，原来是有出典的呀！又感，此菜出自旧时王府富贵人家，故用“王府荤粉皮”之名了，贴切！

在苏州吃蟹宴，如果没有完整的原只大闸蟹吃，总觉得是不完整的。于是，“笼蒸原只大闸蟹”上桌，食客们都站了起来，那盆大闸蟹大得出奇，每只有半斤以上之重，满身通红，实乃硬菜中的硬菜。调味料为传统的醋、糖、姜混合物，食之有味。我被分到一只六两重雌蟹，真难得一见，我思量清代袁枚说“蟹宜独食，自剥自食为妙”，就自己吃了个痛快！

汤菜上桌了，那是一款传统又不失新意的汤菜——蟹汤螃蟹煮时蔬。那锅自制的蟹油与配制的高汤放在卡式炉上煮滚，放入碧绿鲜嫩的多种时蔬，陪伴时蔬的还有切段的油条等。汤上面又撒满小螃蟹，清口鲜香得完美无缺，就像宋代林洪在《山家清供》里所写的“骊塘羹”“菜汤心动不已，来自其本味”一样。

早就听说这家店的春卷好吃。席间上春卷时，我细察春卷，只只饱满，是平时吃到的春卷一半大小，但又粗壮许多。金黄灿灿的春卷上面点缀紫色小花，那馅心为蟹柳配着萝卜丝，色泽如白玉般，里面又配上点点碧绿葱花，惹人欢喜，荤素搭配，在香脆的外皮口感下，凸显蟹柳的奇特鲜味与萝卜丝的嫩脆感。

那顿蟹饭我吃得欢心，说实在的，有许多菜真没吃过，即使有些吃过的菜在这里又能吃出新意，吃出新味。平日里苏州这时节做蟹席、蟹宴的店家比比皆是，但用心去做的人少，潜心发力做菜的大厨更少，我真为使用传统技法挖掘经典菜肴与时代节奏、口味相配合，创新发展苏州菜的大厨点赞。我更敬佩那些菜馆和饭店的掌门人，把全部精力投放在厨艺的提升上，寻求使用高品质本地食材，不惜工本，时时推出佳肴美席、精品力作，来弘扬苏州味道。

平日里我常被别人请去吃饭品味，大多时候我都以各种原因婉拒出席。但我也有自己想去的地方，寻味而去，悠然自得，总有些味道，会给我至高的感动与欢喜，今日的蟹饭便是这样。这席宴像是穿越时空而来，又像是当代烹饪的结晶，苏州蟹宴魅力无穷。

这些菜点虽说是在品吃，冥冥之中就像是在与蟹味对话，在许多场合中评说菜肴好坏总是一件难事，有些饭店菜馆菜做得不怎么样，要说好违心，要说不好场面上过不去，最好的办法是："让菜肴上台说话。"食客心里有数，口碑在此。

那日蟹宴食后难忘，录下菜单以备今后查看，多少会留下点记忆：

冷菜：花椒卤水大闸蟹（极品熟醉蟹，鲜味绝顶）
藏书羊糕蟹黄冻（羊糕蟹糕双色冻，好看又好吃）
金秋菊酪蟹肉盅（中西蟹菜代表，微甜、微酸口味）
秃黄油皮蛋豆腐（油腴润味，一道美肴）
馥珍酒坞㙟蟹黄（蟹膏蟹黄结合物，传统吴地馥珍酒增香去腥）
桂花蜜汁脆慈姑（脆香中品出秋的味道）

热菜：蟹粉千张鲃肺汤（鲃鱼肝配蟹粉、千张包，汤鲜物美）
老姜蟹黄焖土鸡（老姜调味，又作辅料，别开生面）
烂糊金银大佛手（老菜新意，山东大白菜加东山白果）
糟蟹油金砖白玉（白鱼细肉，蟹黄味腴，糟香鲜洁）
平江王府荤粉皮（裙边不说，说粉皮，内藏乾坤好味道）
笼蒸原只大闸蟹（有它，整桌蟹宴才完美）
蟹汤螃蟹煮时蔬（时蔬爽口，蟹汤、螃蟹鲜不可挡）
东山石榴汁爆珠（清口佳品，形式讲究）

点心：蟹柳萝卜丝春卷（高品质苏式春卷）

主食：大闸蟹炒软饭（堂内现炒，吃出新味道）

甜品：桂花精选鸡头米（有了桂花香，鸡头米更具风味）

在吃食流金岁月里，总有些吃请，吃了不能忘，也忘不了！

那些茄子、香鸡、茴香根、树番茄，风味独异，选材出众，这些冷食汇合了不同口味，把在座食客的味蕾调到了最佳状态，滋味延绵，直至『轻歌曼舞』之境。

走进悦山房

在当下的餐饮江湖上，人们常挂在口头上的一个词就是“美食荒漠”，最先想到的城市是北京、杭州、深圳、上海等中国十大“美食荒漠”城市，这些基本上都是一线城市，苏州名列第八，随后有青岛、厦门。

按道理说，北京、上海是各类星级美食餐厅、时尚酒店最多的城市，被称为“美食荒漠”令人费解，苏州一直是旅游胜地、美食天堂，从来不缺懂吃、会吃的人，又何以被称为“美食荒漠”？反过来想，苏州美食市场上的丰富性和多样性是不够的，落后于城市经济的发展，流行“网红”店、精致餐厅、精品会所，如同苏州“小家碧玉”的风格，分布得隐蔽、分散，得奋力去寻找，具有国内、国际竞争力的企业更少。

说到这里，我还真有体会：东山宾馆行政总厨黄先生曾相约几位烹饪大师与我同去一家号称苏州粤菜做得最好的店——悦山房吃饭。虽然我也常行走在苏州吃食道上，但也是第一回听说此店，于是问清楚地址开车前去。

悦山房是一家新粤菜馆，坐落在苏城西南新区万枫酒店顶层。招牌“悦山房”三字多少渗透出一点吴文化的味道。餐厅装饰得高雅文气，从高楼顶层四周落地玻璃窗看出去，新区的一些建筑“一览众山小”，邻旁几幢高楼像是比肩而立，相互簇拥着，显得壮观高大。餐厅包间均以山为名，如狮子山、天平山等，门口还以象形石块点缀，可见业主的用心，在此处用餐，有一种凌空傲视、风卷云间过、山来轻雾漫之感，又像是避开了尘世中的种种不快，独享舒适与安静。

我打开这家店的菜单，看到大量新式粤菜夹着不少创意苏州菜，巧妙融合，让人感到和谐与欢愉。粤菜与苏帮菜融合推动着技艺的发展创新，是一种适合时代市场发展需求的现象。

接待我们的是一位女店主，年轻端庄，是“七零后”的掌门人。她口齿伶俐，自我介绍道，她是太仓人，考到了苏大旅游系，学业完成后，留在苏州工作。起先在星级酒店任职，后自主创业，开办了这家悦山房，已营业近四年了，业绩丰硕。她计划在年底于园区开第二家，现已在装修阶段。

那日宴请，先送上冷菜八道，形态多样，色泽亮丽，有“太湖一号”大虾、梅子鹅肝冻、葵香鸡、潮州大鲜鱿等。其中，梅子鹅肝冻口味一流，时值夏季，这道冻菜正当时，鹅肝肥润鲜美，梅味透盘。那盆硕大的潮州大鲜鱿，让人眼前一亮，鲜红的调味底色与洁白的鱿鱼，相配相宜，潮州卤法使鱿鱼肉质鲜嫩又显张力，卤汁底味配得恰到好处，一口一个潮州味。湖鲜“太湖一号”大虾则采用苏州糟香卤制法，糟香扑鼻，虾肉紧实、鲜美，满满的苏州味。那些茄子、香鸡、茴香根、树番茄，风味独异，选材出众，这些冷食汇合了不同口味，把在座食客的味蕾调到了最佳状态，滋味延绵，直至“轻歌曼舞”之境。

真没想到上桌的汤品竟是手打豆浆过桥长脚蟹，那只细瓷碗中满满一碗苏式咸豆浆，一瓣长脚海鲜蟹静卧其中，味道鲜上加鲜。豆浆中的油渣、虾皮、油条等细粒，拥着那瓣蟹。我按旧法喝一口豆浆，细嚼，品味着香油渣、虾皮等，又吃起那海蟹，那一刻真无法停下来说话，一口气吃了个精光，看看邻座的张子平大师、田建华大师亦是如此，我们心照不宣地笑一笑，只是竖一下大拇指。采用苏式咸豆浆的方法配上粤式海鲜做法，两者融合，新品新意，此菜给我留下了深刻的印象。

接着热菜登场，首上招牌菜——酸辣翅，女店主频频喊话趁热吃。此菜微酸微辣，香润肥鲜，体现出该店新粤菜的新风味特色。那道东星斑椒酱茭白蒸，采用海鲜鱼，与吴地食材水八仙中的茭白完美结合，鱼鲜茭嫩，吃出了一种水乡的时尚韵味。餐厅还千里迢迢地采办云南多种菌类，松茸、牛干巴等，配着桂花拼炒在一起，鲜香腾起，换了一种口味，把山野林间的风味推向了高潮。另有一道大菜，云南金耳焖黄皮甲鱼，类似苏州的黄焖甲鱼烧法，但此菜配着“金耳”。此菜使用的都是云南野生黄皮甲鱼裙边，精细中显高雅，滋膏丰满，吃得不留汤汁。天妇罗虾子银鱼采用日式油炸形式，使得太湖银鱼穿上金黄色的“外衣”，外脆里嫩，虽为新式苏州菜，但味道不变。热菜在一盆碧绿时蔬上桌后才结束。真吃得酣畅淋漓！像我们这样的“布衣土厨”，能吃上这样的大餐，真显得店主大度、厨师用心，他们奉献的不仅仅是一桌菜肴，更是对我们食客的尊重！

这顿饭令人难忘的还有三道小吃。一是火焰玫瑰小刀鸭，卤烤小鸭，由服务员推车现场用白酒点燃，以火焰炙烤堂食，显然是对食客的敬重。那鸭鲜美可口，嫩脆酥香，不落俗套。二是点心——三虾金鱼饺，用苏州三虾的馅心制作成金鱼状，那鱼鳞、鱼眼、鱼尾各细微处都与真鱼相仿，在汤水中如同活鱼一样，令人惊奇不已。三是热带蛋，造型与鸡蛋一模一样，敲开后才知道是甜品，用巧克力慕斯做成蛋形，标新立异，给人一种味觉上的享受。

在悦山房的这次用餐引发了我的许多思考，在苏州不露声色、专心做美食的大有人在，许多精致的美食餐厅等你去发现。苏菜与粤菜如此完美结合，让人们在吃食上有更多选择，又能推动苏州菜烹调技术的发展，吸收外帮菜肴技法为我所用，悦山房确实是餐饮行业的先行者。

苏州美食来源于生活，来源于百姓餐桌，成为一种习俗，成为饮食文化，又成为非遗文化。这种与生活紧密关联在一起的文化又返回到社会生活中，提炼出美食，内中表现出的不仅是味道，更有特色风味。如果再说苏州是美食荒漠城市，那荒漠里必定还有许多像“悦山房”那样的绿洲。

全部菜式主要分为前菜（冷拼）、主菜（热炒）、汤菜、点心、主食、甜品等。菜品简约，文化深远，奉献的是一席满满『苏味古宴』的滋味！

姑苏泰伯宴

在吴地浩瀚的历史典籍中，“泰伯奔吴”常被人称颂。泰伯和仲雍为了成全父亲周太王的意愿，主动放弃王位继承权，逃到江南荆蛮之地，断发文身，与当地先民融为一体，建立吴国，自号“句吴”，使得江南文明得以发展。

姑苏泰伯宴以“拾起久远的味道”为主题，以三千多年前“泰伯奔吴”的历史事件为源点，采用具有鲜明姑苏特色的食材——青虾、鳜鱼、湖鸭及时令蔬果等为主料，结合文史资料中的古法烹饪技法，又运用当下食品加工新科技，经烹饪大师们精心烹制出一席宴馔。全部菜式主要分为前菜（冷拼）、主菜（热炒）、汤菜、点心、主食、甜品等。菜品简约，文化深远，奉献的是一席满满“苏味古宴”的滋味！

前菜：

五宫盒，指一只盒中有五格，可放五种冷食。五宫盒色泽亮丽，古朴实用：

1.重油青鱼（褐色）：苏州古法名菜，青鱼打块后，浸渍，入油锅轻炸，再烧制。清代袁枚曾称此菜味好，是苏州之法。

2.兰花茭白（白色）：苏州著名水八仙之一，经大厨之手雕刻成兰花状，浸汁加工，似花似菜，美不胜收，是苏州冷菜中的代表菜之一。

3.古法卤鸭（红色）：选用当年新鸭，经烹制后，肉质鲜嫩，色泽红亮，是已传承几百年的古法老菜，此菜仅苏州古城一些老店还有供应。

4.马兰头包（绿色）：春时，将城郊野菜马兰头与香干等融合在一起，清凉香醇，被称为“苏州春天美食的信物”。

5.牛肉果粒（红黑色）：牛肉切成粒状，与山楂同烹，色泽偏红黑色，鲜香无比，采用当下新技艺完成烧制，蜕变后保持牛肉鲜汁。

这五味冷菜味美，各有一种色泽，盛放在一只五宫盒中，交相辉映。此盒冷拼高雅，配上瓷盒的颜色及形式，“风度翩翩”，讨人欢喜。

主菜：

1.碧螺虾仁：春天时令名菜，采用东山刚上市的碧螺春茶汁水与新鲜虾仁同炒，清香扑鼻，在鲜美中感受春日的味道，是苏州时令特色名菜。

2.糟溜塘片：采用春天菜花塘鳢鱼的两片鱼肉，加太仓糟油滑炒，鱼肉鲜嫩，糟香四溢，食之难忘。

3.蟹粉吴羹：苏州传统名菜，源自远古楚辞中“吴羹”的烧法，拆下甲鱼裙边与新鲜蟹粉同烩，肥润鲜美，是滋补佳品。

4.生煸枸杞头：采用春时刚发芽的枸杞头，用素油煸炒，加以枸杞红色果实结顶，清香异常，亦有明目、清火之功效，强调食材搭配与养生。

5.苏式酱汁肉：苏州春天的一块肉，色泽殷红，甜上口，咸收尾。

6.泰伯炙鱼：苏州传统老菜，相传有上千年的历史，用网油包裹鳜鱼，鱼腹中填入菌菇时蔬等，在火上烤制而成，旧又称“炙鱼”，集鲜、香、润、肥于一身，体现了独特的吴地烹饪风格。

汤菜：

莼菜扣三丝：苏州名菜，大厨用精湛刀工切出鸡丝、火腿丝、笋丝等，依次排在盅杯内，然后倒扣在盅汤中，造型美观，再加入新鲜莼菜及高汤，滑爽清香，汤口鲜不可挡，是苏州春时名菜。

点心：

1.状元饺：体小，皮薄，馅满，相传在获取功名后才享用此点，显示出文人文化特点。

2.青团子：时令佳点，常用来祭祖、敬老、踏青、咬春等。

主食：

苏式汤面：远古苏州先民遵守“饭稻羹鱼”的习俗，随后因生产力发展，小麦种植兴起，面食丰富起来，“汤饼”即面条的前身。苏州人以饭食为主、面食为辅的饮食生活，用苏式汤面来致敬久远味道是最恰当不过的了。

甜品：

桂花豆茸：甜品作为“封口”的最后一道吃食，顺应当下吃食潮流。桂花为苏州市市花，用此花点缀豆茸，使甜品身价倍增。豆茸为古法常用菜点，桂花与豆茸结合，是一种无缝对接、相配相宜的搭配。

这一席姑苏泰伯宴是将历史叙事融入美食体验之中，颂扬泰伯至德高尚的精神。大厨们将旧法与新技完美结合，把烹饪技艺提升到一个新的高度，菜肴尽善尽美，构建起传统与现代的对话。那宴饮中的礼乐、舌尖上的佳肴、饮食器具的变化及古礼的承袭，都证明宴饮不仅仅是美食的展示与品吃，更是饮食文化的延续与再创造。

附：菜单

姑苏泰伯宴——拾起久远的味道

前菜：

五宫盒

重油青鱼　兰花茭白　古法卤鸭　马兰头包　牛肉果粒

六手碟：

白糖杨梅　焦糖桃仁　九制陈皮　慈姑片　白糖松子　卤汁豆腐皮

主菜：

碧螺虾仁　糟溜塘片　蟹粉吴羹　生煸枸杞头　苏式酱汁肉

泰伯炙鱼

汤菜：

莼菜扣三丝

点心：

状元饺　青团子

主食：

苏式汤面

甜品：

桂花豆茸

六宜楼菜馆是苏州一家著名徽帮菜馆，坐落在皋桥西堍，始建于1883年，清光绪年间。业主因推崇中国古法嵇康饮食养生『六宜』理念（宜淡、宜软、宜早、宜暖、宜少、宜缓），故名『六宜楼』。

六宜楼的苏味徽菜

六宜楼菜馆是苏州一家著名的徽帮菜馆，坐落在皋桥西堍，始建于1883年，清光绪年间。业主因推崇中国古法嵇康饮食养生“六宜”理念（宜淡、宜软、宜早、宜暖、宜少、宜缓），故名“六宜楼”。另一说为：该店因徽州六邑得名（歙县、黟县、休宁、婺源、祁门、绩溪），这些邑地都是徽菜的发源地。

明清时期，苏州已成为江南经济文化中心，人口逾百万，商贾云集，经济繁荣。其中，徽商在苏州占有重要地位，徽菜馆也自然应运而生。又因徽菜进入苏州后不断改良，在继承传统的基础上融入苏帮菜风格，迎合了苏州人的口味，从而加速了徽菜在苏州的发展。

郑逸梅先生编著的《苏州游览指南》（1930年）介绍，苏州饮食店（菜馆）中，仅市区徽菜馆就多达11家，其中尤以太白园（阊门外马路）、老丹凤（观前大街西）、同新馆（石路）、六宜楼（中市街)、老万源(都亭桥西)最为著名。

苏州菜馆以苏帮菜为主,其余还有京菜、徽菜、广菜、镇江菜、常熟菜等各帮菜,以及清真菜和西菜之别。当时,尤以徽菜馆在外帮菜中居首,这与徽籍绅商在苏州占有相当地位有关。民国十八年(1929)12月18日,《大光明》载文云:"徽馆在江南一带颇具势力,不仅店数多,而且营业发达。徽菜中,青鱼卷菜、红烧头尾、冬笋炒肉丝皆味美绝伦。徽菜又以戏曲名称为菜名吸引顾客,如有'三娘教子'(即雪里蕻炒虾肉,加以虾子)、'桃园三结义'(取食材中红白黑三色)等。"徽菜馆多兼卖面条,尤以烩面著称,如什锦烩面、蝴蝶面、锅面等也都别有风味。观前街上老丹凤所制菜肴中,滑丝及高丽肉为最佳,烹调得宜;其他徽菜馆擅长的清炒鳝背、红烧甩水等也都脍炙人口。

在历史变迁和体制变革中,1949年后留下的徽菜馆不多,对私改造、公私合营时撤并了一些网点,正宗的徽菜馆仅六宜楼一家了。幸好徽菜中的一些名菜名点大多被苏州的菜馆吸收借鉴,即便是六宜楼供应的徽菜也吸收了苏州菜的精华,融为一体,相辅相成地发展。

随后几十年,六宜楼在餐饮市场经济竞争中总显乏力,菜品无特色,似苏似徽的菜肴越来越受到挤压。虽经房屋翻建、门庭改换,生意仍不见起色,人员逐步减少,一直处在关关停停的状态。一度以供应点心、面条为主,兼带供应中午、晚上饭菜,方便四周百姓用餐,仅维持生计。

20世纪80年代初,我在饮食服务公司管理餐饮业时,就有人对我提出建议，把“六宜楼菜馆”改为“大众点心店”，为百姓服务。我一时也心动过，但还是惦记着徽菜的辉煌。作为一种菜系，不管怎样，这颗“独苗”还是留着吧。在之后的岁月里，由于体制变化，六宜楼的经营管理权限下放到区商业管理部门。六宜楼菜馆在市属管理体系中属小店，下放区里管理后成了区餐饮业里的大店，但还是变化不大、半死不活的样子，就这样磕磕碰碰勉强营业，后通过承包经营、出租房屋等形式生存着。

事情的转折点出现在2000年左右，六宜楼由于经营连续亏损、人员下岗等因素，只能停业。虽经改制，但也未有起色。那时我真担心从此苏州六宜楼菜馆也将销声匿迹，走入历史尘埃。

转机出现在2023年4月，在古城苏州南新路上，运河边城墙脚下，六宜楼菜馆重新开张了。店大气派，备有450个席位，大厅包厢尽备，清一色民国装修风格，典雅中显大方，环境舒适。掌门人为杜三珍熟食卤菜店老板周斌先生，他慧眼识珠又有胆识，看准了六宜楼的市场发展潜力，早在多年前就率先注册了六宜楼的商标，又出资买下六宜楼的经营权，选择新址成功开业，使老字号得到保护、复业和发展。六宜楼里聚集着一支优质非遗匠心厨艺队伍，从此徽菜苏味又有新天地。供应的菜肴品种主要有：清炒虾仁、白什盘、臭鳜鱼、酱方、香酥鸭、油爆虾、蜜汁火方、炒鳝丝、松鼠鳜鱼、青鱼划水、加虾烧卖、方糕、神仙鸡、肚肺汤等徽菜与非遗苏菜。老店新意，价格尤为亲民。

我一直信奉“美食别人就是美食自己”。该店开业不久，我相约多位朋友同去这家店尝味。去新开的六宜楼，无论是乘车还是自驾都十分方便，店门马路对面有停车场，地下还有停车的地方。我向店里的张大厨订好一桌菜，时值中午，顾客盈门，我们被安排在包间中。落座后，即上冷菜，我们迫不及待开吃了。冷盆中用海蜇皮拌萝卜丝，这是苏州人常用的手法，两者相配得当，脆爽香甜；五香酱牛肉，卤香充盈，吃得出是传统老卤烹制的，故而味不可挡；那盆猪头肉刚一上桌即被“四分五裂”，“抢劫”一空；葱油白斩鸡，鲜嫩油润又不失张力，有劲道。另有几道冷菜——糟香毛豆子、马兰头香干包都做出了新意。

热菜上桌有宫灯虾仁，无论是造型还是口感都堪称一流。那道腌鲜鳜鱼（臭鳜鱼）上桌，有人大为感叹道：“多年没有吃到如此正宗的徽菜味道。”也有人不爱吃，我则浅尝辄止。实在说，此鱼做得出色，浅红色泽，鱼肉呈蒜瓣状，鲜味透骨，带着淡淡辣味，风味尤胜。炒鳝丝虽没有响油鳝糊那样出名，但还是吸引了我们的注意，调动了食欲。鳝丝在烹制中放入洋葱丝、茭白丝等，润软鲜香，又有清烩的脆香感，是典型的徽菜口味。

名菜东坡肉的出现把宴席气氛推向高潮。此菜肉质松润肥腴，肉下面铺垫着肉糜与蟹粉的结合物，鲜上加鲜，复合型鲜头。苏州大厨又善用火功，此整块肉四角下垂、酥烂鲜美、入口即化，滑入肚中。享受此味，真是瞬间让人不管哪个季节所有的焦虑都会消失得无影无踪。传统砂锅三件子为本次吃食的压轴大菜，硕大砂锅中，静卧着一只整鸡、一只整鸭、一只整鲜蹄，用文火炖制四个小时，汤清物烂，鲜劲爆棚。不用多说了，此菜为老苏州人最爱！开吃时，我提议每人先喝一碗三件子汤，品鲜品味，然后按各人爱好，食鸡、吃鸭、拆蹄，各随心愿。这一吃法得到一致赞同。

四色时蔬上桌飘出阵阵清香，蒜蓉苋菜、碧绿蚕豆板、笋丝、青白银芽（绿豆芽）装入四小碗里，又一起装入大盆，满满当当的一大盆，讨人欢喜。这顿品吃让我肚子里满载而归，散席后，我只能行走在该店旁的运河边，赏景观鱼慢慢消化了，直到下午四点才回到家。老婆直呼："你这顿饭吃得连夜饭都不用吃了！"我也如实汇报新开六宜楼的菜肴，并承诺过些日子带老婆同去品吃。

这次吃请，我带去的"饭搭子"内有三种人士：一是知味者，平时爱吃又懂吃，深爱着苏州各种吃食；二是业内大厨，爱学习又爱交流；三是"吃货"，好吃，知其然，不知其所以然。这六宜楼虽然新店开业不久，但那些菜肴无不渗透着旧味新意。我仔细观察到这三种人吃时的表现为：

知味者：察言观色，拨动筷勺。在他们看来，一些菜看似粗糙却内藏乾坤，深知味在其中，意在言外，吃得悠然自得，讲究下筷吃食的部位，细品慢嚼。

业内大厨：喝一口汤，点一点汁便知深浅。尤其那名品大菜，如东坡肉、砂锅三件子等，一品便知功力非凡，想说服气却留在心里，又能触及灵感，回家举一反三为己所用。

"吃货"：大快朵颐，筷子停不下来，直呼好吃，吃得带劲。

我自己觉得这次聚吃新徽菜、苏帮菜不仅是品吃，更是一种传承、交流、互学。在交流中闻香、观色、听声、慢品，感应心中所需的美食意境。许多菜肴在辞旧迎新中寻得新法，创意不断。这些新徽菜推陈出新又融合苏州菜，才使新开业的六宜楼菜馆顾客如潮，生意红火。

当下，老字号制作的菜肴点心成为文化载体、城市名片、“国潮”餐饮，受人尊重爱护。但愿有更多企业家挖掘恢复出更多苏州老字号企业，复兴传统，回归生活，为城市增色添彩。

紙上風味

那热腾腾的一碗白汤面，面条细巧呈『鲫鱼背』状，犹如梳理过一般整齐。碧绿葱蒜，猪肝是过桥的，放在一只精致陶瓷碗里，赭红的色泽，上面覆盖一撮金黄色的姜松。那猪肝外裹着酱汁，吃上一块，外皮略显脆松，卤酱浓郁，猪肝鲜嫩肥腴，微甜、微酸，还透着一股淡淡柠檬味道，新派时尚口味，醇香又味美。

吃面“姑苏桥”

我家的隔壁搬来一户人家，一对中年夫妇，带着他们的父母和一双女儿住了进来。从老人口中，我得知那对中年夫妇都在园区某公司工作，可称“白领人士”。他们的双胞胎女儿已十多岁了，一个叫苏苏，一个叫乔乔，都在园区某小学读书。他们原籍河北唐山，来苏州已有二十多年，可谓事业有成、生活幸福的一家。

暑假的一天清晨，隔壁人家声响渐大，还伴随着女儿的哭声。我好奇地出门探望，正巧她们爷爷出来倒垃圾，见我说道：“一对孙女吵着闹着要去观前第一天门的姑苏桥面馆吃面。前几日我不好，趁她们爹妈上班不在家时，已带她们吃过一次了。不知道今日星期天有老师上门上课，两孙女还吵着要去吃面。”正说着，他家门开了，一对中年夫妇带着不悦的神色走了出来，随后一双女儿跳着蹦着也跟了出来。拗不过小孩，还是去吃面了。

我回到家中，回想起刚才的一幕，没想到姑苏桥面馆一碗面真能打动人心，老少皆宜，魅力无穷呀。我自己也被感染了，也想去见识一下，尝尝姑苏桥的那一碗面。

那天我起了个大早，赶去观前第一天门的姑苏桥面馆。只看到黑底金字招牌悬挂在正门门檐上方，“姑苏桥面馆”这几个大字是苏州书法大家杨文涛先生所书，铁画银钩，气场真大。迎面一幅抽象黑漆金箔画，给人以想象空间，画的下面卧放着一只宋代石鼓墩，透着古风雅意。

这家店真颠覆了人们对面馆的想象。我走进面馆的第一印象是，这不是面馆，而是一家艺术馆，更像是心中早已存在的苏城老宅里的厅堂。黑门、玄窗、石墩、地灯、字画、条幅、文玩小件等，无不流露出厚重的雅意逸趣。在墙那一落的天井，面积不大却装饰得古朴禅意。那一泓清澈流水，时不时带着雾气，湖石旁翠绿苔藓、菖蒲，种植得似在山野里，有姿有势，古树浑然天成。一对恩爱相思鸟欢快跳跃在其间，似乎忘了这不是在山野林间，而是在城市中心，它们在这里安了家。观景时闻到了店堂四溢的油香气，听到了吃面的嗦面声，告诉我这里还是一家苏式面馆。

我坐在沿窗一边，静观入画小景与那一对相思鸟，全不知那一碗“匠心·猪肝面”已送到面前。服务人员轻声说：“面来了。”我如梦初醒，想到我是来吃面的，不是来做客的。那热腾腾的一碗白汤面，面条细巧呈“鲫鱼背”状，犹如梳理过一般整齐。碧绿葱蒜，猪肝是过桥的，放在一只精致陶瓷碗里，赭红的色泽，上面覆盖一撮金黄色的姜松。那猪肝外裹着酱汁，吃上一块，外皮略显脆松，卤酱浓郁，猪肝鲜嫩肥腴，微甜、微酸，还透着一股淡淡柠檬味道，新派时尚口味，醇香又味美。我像小孩似的，一口面条、一块猪肝、一口面汤，不紧不慢，吃得欢快。环顾四周，顾客有的在吃三虾面，有的点吃了枫镇大肉面，有的还点吃那里的酒酿饼、定胜糕、绿豆汤等小吃。想起隔壁家一双女儿吵着要到这里吃猪肝面，原来是因为这家面馆面好吃、景难忘，水潭里的鱼、树上的鸟似乎都变成了顾客的"朋友""老熟人"，要来看望。我走出店门时，耳边还传来了几声"叫哥哥"（蝈蝈）的叫声，悦耳动听，犹如回到了童年夏日，让人思绪不断……

那晚我静心写了篇日记：

今日清晨，我去一家隐匿在观前地区的面馆，名叫姑苏桥面馆，说是在北塔姑苏桥面馆开业成功的基础上，花了一年多时间，投入巨资精心打造文艺气息浓郁的一家至尊版面馆。我从侧面了解到店主张宁先生，自从旅游学校烹饪班毕业后，又参军，复员后从事饮食饭店工作，随后自己开店，以火锅为业。他钻研技术，做事认真细心，打造的德庄火锅生意风生水起。然后他一直想开面馆，以"姑苏桥"为名，在北寺塔附近开了第一家，取得成功。他身上充满着文艺范儿，一股劲打造一家新面馆，以达到他心里至善至美的境界！这家面馆可以说是目前中国最讲究的文艺面馆之一，说小点是江南苏州街巷里最精致袖珍的面馆。店中悬挂了张大千、吴昌硕及当代杰出画家徐累等人的真迹书画条幅，也有苏州书法大家杨文涛书写的菜名字条，让人将阅画、读字、观景、品面结合在一起，纵横逸气，给人一个舒心愉悦的场地。

定制的桌凳舒适又不失雅致，柔和的灯光映衬出铁墨色墙面的色彩，处理得恰到好处。四周文玩小件，富有禅意，天井造物有石、有树、有水，如同一小园林一般。这家店面供应品种有四十余种，又有多款的时令面浇，保留着凌晨吊汤古法手艺，现炒浇头常换常新，金牌猪肝面、三虾面、焖肉面等，令人陶醉，食材优质，百里挑一。也许只有在苏州才会有这种面馆，去那里吃一碗，沉己心，观其景，像是在筷子头上挑起了一个江南。

写完日记的我还在沉思着，耳边却传来隔壁一对女儿隐约的读书声，让我想起那“读、读、读，书中自有黄金屋，书中自有颜如玉”的句子。又想到那双胞胎“苏苏”“乔乔”对应姑苏桥的店名，长大后真可做这家店的形象代言人了。或许我想多了……

六月里吃『六月黄』，称『忙归忙，不忘六月黄』；农历九月吃雌蟹，十月吃雄蟹，称为『九雌十雄』，这是按照蟹的生长习性及吃蟹经验总结出的『食蟹经』。

苏州人吃蟹

湖涧秋风长，尤爱河蟹鲜。一年一度的蟹季又将来临。苏州是河蟹（学名中华绒螯蟹）原产地之一，著名的阳澄湖清水大闸蟹、太湖蟹等均产自吴地。泽国、水乡、临江、近海的环境，为河蟹的生长创造了优势的自然条件，河蟹在姑苏寻觅到“一方净土”，从此在这里安家落户并且家业兴旺。

从古至今，蟹的美味征服了无数食客，文人墨客更是为之痴迷、咏唱、入菜、入诗、入画等，形成了江南文化中特有的苏州蟹文化。

江南苏州蟹的历史久远，春秋时期螃蟹被称为“夹人虫”，《国语》中“稻蟹不遗种”记录了其横行稻田；南北朝《洛阳伽蓝记》中“吴人之鬼”忆起“呷啜莼羹，唼嗍蟹黄”，可见当时吃蟹已成风；随后吴地蟹成朝廷贡品，隋炀帝吃苏州的贡蟹后赞其为“食品第一”。历朝历代留下的各种蟹谱、蟹菜等都可见人们对吴地蟹之推崇。明代王鳌在《姑苏志》中把苏州蟹分为(太)湖蟹、紫须蟹(吴江)、蔚迟蟹(昆山)等,另有人把当时常熟的蟹称为“潭塘蟹”。清道光年间《元和唯亭志》记载:“出阳澄湖者最大,壳青脚红,名金爪蟹,重斤许,味最腴”,阳澄湖蟹在众多蟹品中崭露头角!苏州人舌尖灵敏度高,吃蟹能品出每个部位的味道:蟹坨里胸若白玉,胜似白鱼,蟹螯的肉胜似干贝,蟹脚肉胜似银鱼,蟹黄、蟹膏则胜似“八珍”。故人们常说“蟹味绝天下”“食过蟹,百菜无味”,苏州蟹成了美食中的极品,也成了响当当的城市美食名片。

说实在的,有一时段苏州蟹真不值钱。那时人们生活清贫,缺衣少食,苏州街头巷尾的菜场里,农民、渔民拿着用稻柴串扎好、吐着白泡沫的蟹,一串七八只仅卖三角、六角,有的还沿街叫卖。那时人们吃不饱,在吃食上只求吃饱,对吃蟹,既嫌麻烦,更没钱去买。那时的蟹倒是处在一个自然生长的状态中,品优质好。“文革”期间,卖蟹是被禁止的,经济困难时期,没有粮食吃,一些农民、渔民只能拿蟹来充饥!这是一段非常时期,给老苏州人留下了刻骨铭心的印象。

旧时苏州人吃蟹,大致可分为三个层面:一是居民街坊,二是菜馆饭店,三是乡绅官府。

苏州居民街坊家常吃的螃蟹,大多为较小的蟹,图一个价格便宜。蟹买回后,把蟹一剁为二,放点酱油等调味料烧煮一下,名为油酱蟹,作为吃饭小菜,有时也做成面拖蟹等。有些家庭会过日子,把买回来的小蟹拆出蟹粉,加上猪油熬成蟹油,烧菜、吃面、炖蛋等都用上点,慢慢品味。也有一些主妇善做菜式,会把买回来的蟹做成醉蟹,吃一个舒心。苏州人平时过日子比较节衣缩食,但每年碰到蟹汛时,也会吃上两回大闸蟹。在苏州人眼里，大闸蟹指的是清水大闸蟹！

菜馆饭店吃螃蟹都是吃拆出的新鲜蟹粉做成的各种菜肴、点心。在以前，菜馆饭店是不卖整只大闸蟹的，因为苏州人认为当众啃吃大闸蟹举止不雅，吃相“穷凶极恶”，似乎没有吃过似的，有碍观瞻，苏州人都讲究吃得“细气”“精致”。菜馆饭店里以蟹粉为主的菜肴，统称为“蟹肴”。苏州的蟹肴久负盛名，菊黄蟹肥，持螯赏菊的蟹宴也应运而生。苏州大厨尤擅“拆蟹”，用蟹肉和蟹黄、鲃鱼肉和肝制成的炒蟹鲃为秋季名菜，历史上曾风行一时。雪花蟹斗、蟹粉裙边、虾蟹两鲜等名菜，脍炙人口，各类蟹菜、蟹点多达上百种。在菜馆饭店品吃蟹肴，图吃得开心、省心，有时也是吃个场面。

旧时乡绅官府吃蟹，即苏州大户人家吃蟹，一般都吃整只大闸蟹，每只重量达半斤至六两。这种吃法不计成本，不仅四周有人服侍，而且这些人会吃、擅吃，有一套程序。吃蟹地点也会安排在客厅或花园，称为“雅集”，闻着菊香，趁着月色，呷口老酒，吃上块蟹黄，享受人生的快乐。如果来客不擅吃蟹，这些大户人家便会叫家厨做些名贵蟹肴来招待来客，如蟹粉鱼翅、蟹粉鱼肚、蟹粉燕菜、高档秃黄油、虾蟹烧卖等。

在长期的饮食实践中，苏州人掌握了一整套品吃大闸蟹的方法，吃得讲究，吃法得当，具体有四个关键环节：

其一，时令与品种。吃清水大闸蟹，苏州人绝对尊重时令。有话道“西风响，蟹脚痒”，此为吃蟹的大好时光，吃一只还是吃一对得看时节及个人胃口了。六月里吃“六月黄”，称“忙归忙，不忘六月黄”；农历九月吃雌蟹，十月吃雄蟹，称为“九雌十雄”，这是按照蟹的生长习性及吃蟹经验总结出的“食蟹经”。不仅如此，苏州人吃蟹还讲究蟹品种，有太湖蟹、阳澄湖蟹、常熟蟹等……挑选大闸蟹也是一门学问，苏州人选大闸蟹要青背白肚，金爪黄毛。挑选蟹也有“三步曲”，首先观其色泽，分辨雌雄（团尖），挑选最大的，其次抓起一只掂一下分量，沉甸甸压手为好，最后伸手捏一下蟹腿是否扎硬，扎硬者为壮实好货。一般清水大闸蟹母蟹四两以上、公蟹半斤以上即上品。

其二，煮蟹与姜醋。在品吃大闸蟹时总有人提出用水煮来吃，还是用蒸的，哪种为好？在苏州，人们习惯把大闸蟹清洗干净后用稻草扎好放入锅中，加入清水及紫苏等煮之。宋代《东京梦华录》就提到“煠蟹”，指的就是水煮蟹。清代苏州人顾禄《清嘉录》写道：“汤炸而食。”袁枚在《随园食单》中也写“煮”，“最好以淡盐汤煮熟”。也有不少人认为“蟹蒸而食之”最不失真味。其实蒸或煮可随个人的认知及欢喜而定。苏州人吃蟹必定用姜末、白糖、香醋调制调味料，蘸着吃蟹，调料去腥、增香、提鲜、解毒，也是长期吃蟹中总结出的经验。蟹虽美味，但“诸蟹皆性冷”，历史记载的吃蟹中毒事件不少。李时珍认为蟹本是一道珍馐，只要吃法得当，不仅不会中毒，还可以享受到其独特的风味。由于人们吃蟹习惯不同，有人曾提议吃蟹不用任何调味料，食其本味，那也只能各吃各法了。历史经验告诉人们：虽然在吃蟹的江湖上有多种版本的吃法，但学习先人，师法古道的吃法还是有一定道理的！

其三，顺序与吃法。苏州人吃大闸蟹特别注重顺序与吃法，煮熟的大闸蟹要趁热吃，蟹肚朝天，用手向后把蟹脚、螯分别掰下，随后剥去蟹脐盖（腹部），再打开蟹背壳。“捉拿法海”是指去除蟹胃，再用蟹爪在蟹坨上面“揪出六角虫”，这里的“六角虫”是指蟹心，蟹心不可误食，因其性大寒，此外蟹肠和蟹腮也不可食用，需与蟹心一道剔除。吃蟹需慢慢品尝，而且最好自己动手，先吃蟹黄、蟹膏，后吃蟹胸肉，需横着吃，对准蟹组织丝缕吃，方可吃净，吃时可蘸些姜糖醋汁，味更鲜美，再吃蟹脚，最后吃两螯，其间还可呷上两口绍酒来助兴。在苏州，一些吃蟹高手吃完一只大闸蟹后，其蟹壳还能还原出一只完整的蟹形来，其吃功非同小可。更有人把雄蟹的蟹螯里两片可动的薄片蟹骨掰出，其形恰似蝴蝶的翅膀，两片相对拼放在盘子里，犹如一只栩栩如生的“蟹蝴蝶”，真有“笑看蝴蝶满盘飞”之感，吃出功夫又吃出了一份情趣，从这里也不难看出苏州人吃蟹的耐心与技巧。早在明代，苏州人就发明了吃蟹工具“蟹八件”，让你能吃得更细心、更干净。

其四，净手与姜茶。苏州人吃完蟹后必定会来上一碗热腾腾的姜茶，苏州人称之为“姜糖汤”。其作为驱寒的一种方式，得趁热时喝下。有时，桌面上还会送上一大盆菊花带叶的温水，这不是用来喝的，而是用来净手的。洗净手，喝完姜茶，吃蟹才算结束。苏州人这一整套吃蟹顺序及各种讲究并非与生俱来的，大多是从一代代老人那里传承下来的，老祖宗传下的千年习俗方法都是有科学规律的，用之实惠，也能吃得安心。

美味大闸蟹是大自然赐给苏州人的一份大礼，爱吃、懂吃的苏州人也传承、摸索和积累了许多食蟹的经验及方法。若在蟹季来到江南苏州，按照苏州人的吃法品一次大闸蟹，你定会沉醉在蟹的美味里而流连忘返。

有风物才有食络，四季吃食是生活中的一种表达，汪曾祺先生曾说：『人生在世无非「吃喝」二字，将生活瞬得有滋有味，把日子过得活色生香，靠的不只是嘴巴，还要有一颗浸透人间烟火的心。』我觉得『人间烟火』的养成还得从阅读开始。

风味与食络

——《四时风味》序言

我在读书学习上是一个“不善总结的人”，这是中学时代一位老师对我的评价。故而，在学生时代我成绩平平，成年后亦是如此。然而，在生活吃食方面，我总是不断总结经验，开动脑筋，提升活力！

一个人在一个地方待久了，就会对这个地方产生一种“依恋”。在苏州住久了，那种依恋感越发浓重。因为在这座古城里，人间烟火、四时风物、民俗节令，让人的生活多姿多彩。

大自然恩赐给吴中大地太多的食物，正如清代诗人赵筠所说：“山中鲜果海中鳞，落索瓜茄次第陈。佳品尽为吴地有，一年四季卖时新。”如此雄厚的食材基础，再加上苏州大厨传承千年的手艺，造就了名菜名点，层出不穷。松鼠鳜鱼、清炒虾仁、蟹粉狮子头、西瓜鸡、蜜汁火方、鲃肺汤、枫镇大肉面、鲜肉月饼、拉糕等，让现代人的生活过得有滋有味。

苏州又是当下流行“网红食品”最多的城市之一。就按季节来说：春有“青团”，夏有“绿豆汤”，秋有“鸡头米”，冬有“冬酿酒”，还有那碗吃了让人不想走的“苏式汤面”。这些小食品，经网上推荐，成了风情万种的时尚美食。一年四季在苏州，总能品尝出“美丽的春天”。

有风物才有食络，四季吃食是生活中的一种表达。汪曾祺先生曾说：“人生在世无非‘吃喝’二字，将生活过得有滋有味，把日子过得活色生香，靠的不只是嘴巴，还要有一颗浸透人间烟火的心。”我觉得“人间烟火”的养成还得从阅读开始。

这本《四时风味》，是一本在平淡味道里显高雅，在日常生活觅得清欢的好书。书中汇集了近二十篇美食文章，读来心情舒畅。这些文章是由著名作家、学者、美食先锋人物撰写汇编而成的。他们从一品一物说起，论菜、说茶、述感等，下笔成章，字字珠玉，抒发各自对美食的认知与感悟，又连缀起生活里的情感、亲情，读来让人感动。他们以文字的方式推出舌尖上的盛宴，又纵情地把苏州的四季美食吆喝一遍。

我是一个土生土长的苏州人，在苏州出生、成长、老去。我也依恋这座城市，但与众不同的是，我总追寻四季吃食。不管人在哪里，也不管是烈日高照，还是细雨冷风，为了美食我都会寻味而去。或许这也跟我在餐饮行业里浪迹近六十年，又自诩是“苏州美食守护者”有关。

我敬重《四时风味》的每一位作者，他们从文认真细致，文笔顺畅，思绪活跃，写出了许多我想对某种美食、对苏州生活里难以表达的话。他们又从古论今，从源头到本质把许多食材介绍出来，又对一些美食关联的提法，正本清源地论述一遍，有出处，有做法，这也是这本书的可读之处。

我对这本书总有一种亲近感，说到苏州的菜点，读到许多我想知道却不知道的菜肴、食物，尤其对许多滋味的描述点通了我的心灵。也许是同一种基因的共鸣反应，他们是一批有作为、有担当的文化使者。他们把“作为”写在字里行间，又把“担当”融入在主题思想里。看似写的是美食文章，导出的是饮食文化的拓展与一个城市文明的进步。正如苏州著名作家、美食家陆文夫先生曾说：“饮食文化也和其他文化一样，总是在一定的经济基础上，由千百万人创造，由少数人总结提炼而成的。”

苏州人讲究饮食之道，又崇尚“不时不食”的饮食规律，丰饶的物产丰富着百姓的餐桌，人们总过着精致美好的生活。

享受苏州，是一种清福。

苏式卤菜另有一大特点，即善用多种调味、香料及部分中药材，出品的卤菜香气袭人。人们在苏州路过熟食店门口，总能被飘着的香气吸引，停住脚步。即使是一些猪下水、禽杂碎、鱼杂件等食材，经大厨之手都能烹调成美味佳肴。

寻味苏式卤菜

苏式卤菜是苏州菜的重要组成部分，也是苏州饮食文化中的优秀代表之一。苏式卤菜既满足百姓日常生活对吃食的需求，又与生活习俗紧密相连，是展示苏州美食风味的又一个窗口。

苏式卤菜既上得了宴席，又是百姓餐桌上的佐酒佳肴，有的还成了小食零嘴。这种特色风味食品多少带着点旧时苏州农耕社会遗存的痕迹。历史悠久，而今进入工业化社会，卤菜加工工艺也在不断演变。同时，在互联网等的推动下，卤菜已成为旅游休闲食品，普惠大众。

苏式卤菜拥有巨大的消费市场，因其食材优良、烹调有法、善用火候，又有百年老汤而各具特色。产品色泽悦目，品种应季而变，口味以咸鲜微甜为基调，被称为“苏味”。

苏式卤菜久负盛名，传承千年，其制作技艺已被列入省级非遗保护项目名录。具有代表性的品种有：五香酱肉、秘制酱鸭、酱猪头肉、苏式叉烧、透味熏鱼等。这些品种早在20世纪80年代，就已获中国商业部颁发的优质产品证书。一年四季中，春季有酱汁肉、酱鸭，夏季有白切肉、砂仁腿胴，秋季有爊鸭、油鸡、盐水鹅，冬季有羊糕、酱蹄筋等，时令特色品种不断丰富卤菜市场，受到消费者的欢迎。

苏式卤菜另有一大特点，即善用多种调味料、香料及部分中药材，出品的卤菜香气袭人。人们在苏州路过熟食店门口，总能被飘来的香气吸引，停住脚步。即使是一些猪下水、禽杂碎、鱼杂件等食材，经大厨之手都能烹调成美味佳肴。价廉物美的风味特色品种，如猪头肉、卤大肠、鸡肫、鸭掌、鱼头、鱼尾等，其味妙不可言，有的还成了某种乡愁的信物呢。

卤菜是干货，食用、携带方便，因此除了固定门店之外，还有为数众多的流动卤菜熟食摊点，形式有“熏胴摊”“等大摊”“提篮小卖”等多种，兜卖自制熟菜，充满家厨风味。游摊点或设于街头巷尾，或设在菜场附近，或设在酱园店旁，或由小贩肩挑手提走街串巷，既兜卖了产品，又方便了食客；游摊设施简单，一副担、一只篮、一只筛，出售产品虽然较为单一，但风味浓郁，价格低廉，因此深受百姓喜爱。

熏胴摊每日下午出摊，供应风味独特的熏肠、熏肚等。夏季，多数摊点开始供应苏式卤菜特色名菜糟鹅，并分鹅头、肠、肫、翅、掌等不同部位出售。糟鹅肉糟香扑鼻，鲜美无比；头、翅、肫、掌味道不同寻常，价格甚至高于糟鹅肉。还有不少走街串巷的小贩，出售酱萝卜、咸鸭蛋、春不老、大头菜、乳腐等。在苏城的街巷里还有卖臭豆腐、粢饭糕的担子，还配有辣酱、甜酱，任由食客选用。

等大摊，是供应熟食咸肉的另一种卤菜摊点。摊主手持切刀，四周围着顾客及看客，每切下一块咸肉就喊："三角，五角，谁要给谁。"顾客目光聚集，只等大块的，但切下的咸肉大小不一，现场如同拍卖，咸肉瘦点、肥点，要顺顾客心意，看中了，随即会眼快、嘴快地喊出"这块我要咯"。这种练摊的熟咸肉，油光锃亮，集咸、鲜、油于一体，好吃非凡，摊点总围满人群。此时切好的咸肉会放在老荷叶上，心急者会当场咬上一口解馋。也有摊点供应卤味熟食、五香排骨、五香小肉、鱿鱼等特色鲜明的小吃，食客终日不绝。

提篮小卖。苏卤菜业中还有一帮提篮肩挑的小贩，俗称"提篮小卖"，其出售的熟食卤菜称为"小食"。他们所卖的卤菜，有的由小贩自己加工精制，有的从熟食店里批发而来。小贩走街串巷，提着盘篮叫卖："啊要买——酱汁肉、肉百叶、猪头肉？"按块卖，售价低，让顾客在家门口就可买到。或有摊主推着车子，前面生着火炉，炉上炖着一只大号砂锅，锅内装着兰花素鸡、卤蛋、黄豆等，边走边叫卖，一旦停下来，围观者不少，那砂锅里总散发出诱人的香气。

旧时走街串巷叫卖者中还另有一路人，他们头顶一只圆形大藤匾，匾内装着一只只不同的小荷包，荷包内放着各种各样的"吃局"，如慈姑片、咸水毛豆、素火腿、熏田鸡、香炸小鱼等。出售时把藤匾放到胸前，两边绳子套在脖子上，熏田鸡、小肉上还会撒些五香粉，风味浓香诱人，滋味非同一般，曾有"上风头吃，下风头闻香"之说。旧时，在苏城还有一些女子挎着篮子，从事"卖小食"的营生，她们大多在傍晚专跑酒店、酱园店去卖。

苏式卤菜业发展迅速，各色卤菜层出不穷，风味独特，市场需求量日益增加。在发展旅游服务业经济，满足百姓日益增长的对美好生活的需求成为主旋律的前提下，我们应进一步开展"传帮带"等多种教育活动形式，让苏式卤菜的精湛手艺代代相传，让更多学生学业圆满完成，成为高技能人才，走出校门，服务于社会，让更多的从业者从中汲取营养，提高烹调技术。就像著名作家、美食家陆文夫先生所说的："在物质条件相同的情况下，烹饪艺术加工就是决定性的。"

当下苏州的卤菜市场正逢百花齐放的大好局面，本市卤菜行业一路高歌猛进。外埠一些品牌、"网红"店，纷纷落户苏州市场，形成相互学习、共同发展的态势。我们在充分了解、学习各种卤菜的基础上，又认识到自身技艺价值所在，在卤菜守业、创业、发展的道路上一定会大有作为的！

我是一个喜欢吃的人，一直想守住苏州的一切美味，但又势单力薄、无所适从，只能在心中留住那一点甜润，那一枚小小的粽子糖。

甜美粽子糖

过了端午节，吃过了粽子，望着桌上剩下的那几只三角粽子，头脑中闪出孩童时代的那颗粽子糖。

苏州的粽子糖与端午粽子其实没有什么关系，不过是糖的外形与粽子相仿，其“身量”与粽子比小了许多。我记得小时候不懂吃粽子糖，总是放在嘴里嘎巴嘎巴地嚼，如同吃黄豆似的。居住在我家隔壁的许好婆有一次给我吃粽子糖，并告诉我说：“吃粽子糖要放在嘴里抿着吃，才能吃出它的味道。”我这才知道吃粽子糖还有“门槛”呢！粽子糖主要是由饴糖熬制成的，还可加入薄荷、松仁、玫瑰等，做成薄荷粽子糖、松仁粽子糖、玫瑰粽子糖等。制糖师傅在熬出的糖块尚未冷却时，将其搡成圆柱状细条，再用剪刀快速地将细条剪成一颗颗小糖粒。那糖条在师傅手中上下转动，只见剪刀飞舞，糖粒纷纷落下，这时粽子糖便做成了。苏州的粽子糖一直是著名特产，多次获奖，尤以百年老店采芝斋的产品最为有名——以粽子糖为代表的苏式糖果曾获国际食品博览会金奖。据说历史上，用制作粽子糖的方法制成的贡糖受到清代慈禧太后的青睐与赞许。现今苏式糖果制作技艺已被列入省级非遗保护项目名录了。另有加入药材的苏州粽子糖，有治病、强身健体的功效。小小的粽子糖不仅“花样百出”，而且文化内涵深远。《吴门表隐》中说，粽子糖为明末谢云山始创，故一名“谢家糖”。苏州著名掌故大家郑逸梅先生所著《瓶笙花影录》中，有《粽子糖》一文，文章称：“粽子糖为纯饴糖所制，煎煮既熟，俟其凝结未坚硬时，以剪刀铰之，成三角粽子型，故名。有薄荷者，有玫瑰者……粽子糖之佳者，入口渐化，了无渣壳。更有杂入松子仁及玫瑰酱为馅者，则甘芳尤较寻常者为胜。固不让舶来之朱古律、摩尔登专美，然摩登人士，往往醉心欧化，鄙弃国产之粽子糖而不屑进啖，过矣。”这段文字用赞叹的语气介绍了苏州粽子糖的做法、品种，并点出某些人在吃食上过于西化，表达自己爱国爱家乡之情。

苏州人有句俗话：“甜么甜到粽子糖，苦么苦到男孤丧(鳏夫)。”可见粽子糖已深入苏州人的日常生活。旧时粽子糖按粒卖，两分钱可买到用三角纸包的一小包，有二至四粒。在早些年，粽子糖是一种休闲食品，而现在，粽子糖已成为老人们的记忆。上海人一直为自己那颗大白兔奶糖骄傲，有一段时间，大白兔奶糖风靡全国，而且颇具海派特色，奶糖的甜香味成了那时的流行。而苏城的粽子糖历史悠久，虽未曾大红大紫，却一直是苏式糖果中的经典，流传至今，就像苏州人的性格一样，一直温婉地存在着，与世无争。

与传统粽子糖相比，另有一种升级版粽子糖更为出彩，即玫酱糖。此糖外形与粽子糖相仿，但内包玫瑰酱、松仁末等馅料，当你把此糖送入嘴中，甜味即起，咬开松脆外皮后，内里的玫瑰酱尽流舌尖，绽放出玫瑰芳香，酸甜可口，还有丝丝咸味及松仁果香味，真是口齿留香、津液四起，难怪外地游客在采芝斋大包大包地买玫酱糖带回去。

我对第一次吃玫酱糖的经历一直记忆犹新。在刚懂事的那个年头，我去爷爷家，那时我爷爷患青光眼，已失明了。进门后，我见爷爷一人静坐在那里，叫了声“阿爹”，他微微一动，招手叫我坐在他边上。我刚坐下，爷爷一只温暖的手即将我的手搀牢，我顿感热流传遍全身。他慢慢起身拉着我走向他的卧室——他虽双目失明，但对家中任何一个地方都很熟悉，不用人搀扶，那时我人小，倒是爷爷搀着我。他来到床边坐下，叫我也坐下，随即伸手从床底摸出一只甏（苏州人常称“梗灰甏”，专门用来盛放零食），从中拿出一个纸包，拣了两粒糖，塞在我手中，说道：“你先吃一粒，吃完再出去。”我把糖块送入嘴里，那糖的芬芳果香直冲我的鼻腔，顿觉甜甜的、酸酸的，还有丝丝咸味，那时我真不知爷爷给我吃的是什么糖。出房门后我们爷孙坐定，我问：“爷爷你给我吃的什么糖？”爷爷轻轻说：“叫玫酱糖，是用苏州玫瑰花做成的。”从此玫酱糖在我的“吃食神经”上打下深深的烙印，令我难以忘怀。

我每次去爷爷家，他总会给我吃些东西，而那些吃食总放在那只甏里。我有时吃到杏仁酥，有时吃到酥糖、橘红糕等。每每给我这些零食时，爷爷总关照我在房中吃完了再出房门，他生怕别的孙儿们也来讨要。他十分偏爱我，因为我是华家长孙。那时我年纪小，对他的这份偏爱浑然不觉，当我懂得其中情由时，爷爷已经故去了。但爷爷对我的那份厚爱、情分，我一直铭记在心，至今难忘。现今社会已发生巨变，食品已非常丰富，人们在吃食上怕甜、怕油、怕咸，讲究养生、减肥，那不起眼的粽子糖似乎正在淡出人们的视线。

我时不时会走进采芝斋买上些苏式糖果，其中玫酱糖是必须买的。在家空闲时也会拿出一粒含在嘴里品味，在其酸甜果香溢满口腔时，脑海里总会浮现爷爷拉着我的手进入他卧室给我吃糖的那一幕，那粒小小的玫酱糖承载着爷爷与我的深情。当下我自己已做了爷爷，我曾用我爷爷的方法来关爱儿孙们，起先他们都难以接受，因为他们都爱吃巧克力等西食，在我多次游说下，他们逐渐也开始接受，现已爱上粽了糖等苏州的小吃了。我想：饮食文化的传承也得从娃娃抓起。

我是一个喜欢吃的人，一直想守住苏州的一切美味，但又势单力薄、无所适从，只能在心中留住那一点甜润，那一粒小小的粽子糖。

那块焖肉精肉酥烂鲜美，还有一丝丝咬劲，焖肉特有的酱香汁液在咬合中四溢，使我满口生津。

品吃焖肉面

清晨早点对老苏州人来说还是那碗面，多数人特别喜食焖肉面。苏州人称焖肉面为“焖肉大面”，有时也称“大肉面”。不要小看这个“大”字，这是苏州人对那碗面的敬重。苏式面条闻名遐迩，品种多，吃法多，汤鲜浇头时新，并随季节变化而变化。春季有扁尖肉丝面，夏季有白汤枫镇大面，秋季有虾蟹面，冬季有蜜汁蹄髈面等，面条品种多达百种，轮番“出演”，唯独焖肉面一年四季常供应，在面界如同头牌“花旦”“角儿”，也深受百姓爱戴。

旧时苏州大街小巷面馆星罗棋布，面条作为主食补充，作为点心来食用。随着时代变迁，食物日益丰富，生活节奏加快，吃面已从过去的“配角”转为“主角”。现今面馆除早市供应外，中午、下午的生意仍十分红火，人们把面条当作快餐主食来享用。

我仍习惯于清晨吃面条，这是多年养成的习惯。可能一到早晨我体内想吃面条的因子就苏醒了。在所有面条中，焖肉面一直是我的心头好，几乎逢店必吃，我爱闻那焖肉面里飘出的肉香，感受食焖肉面后带来的满足感。

苏州人制作焖肉有一整套程序，食谱记载：将五花肋条肉修成长方块、焯水、刮净，入锅加入调料等，将锅盖密封，烧沸即转微火约3—4小时，起锅、待冷，打成片形即成。焖肉在长时间焖烧过程中肥油渐走，鲜味却吸附在肉上。东坡先生所谓“火候足时它自美”，即此君。苏州人吃焖肉面自有一些“套路”，要求焖肉“空口”吃略咸些，配合面汤吃咸淡恰到好处，面条软长、汤宽香头重，面送到时先把面捞起，使肉浇沉入汤底，再把面覆盖其上。吃焖肉面按“三部曲”进行，即先呷一口面汤润口，其后吃上两口面条咀嚼，再咬上几口焖肉抿吃，细嚼慢咽，品味内中真味。

我有时明明已吃过早饭，路过面店，店内飘出阵阵肉香，脚步不由自主地步入店堂，宁可中午少吃些饭或不吃饭，多半还要点一碗焖肉面来吃，特别关照师傅，面轻（面条少些）汤宽（汤多些）。那日早晨，我路过街巷拐角沿河一家小面馆，走了进去。这家面店已开了十多年了，店主是苏北来苏打工的一对夫妻，丈夫主内煮面，妻子主外收钱端面，配合默契，兢兢业业地守候打理这家小面店。他们供应面点，居然打出“苏式面点”旗号，不少老苏州人不认同，但随着时间推移他们的面越做越好，苏式风味愈浓，吃面人也越来越多。

那天，我点了一碗焖肉面，选择在角落坐下，手脚麻利的老板娘不一会儿端出面来送到我桌上，顿时我眼前一亮，焖肉浇头是块“硬膘大精头”，竟然还“过桥”（装在小盆里），浇头挺括，汤宽面轻，散发出阵阵油香。细细观看，焖肉精肉上端还含有三段脆骨，那圆柱状脆骨光亮透彻，镶嵌在淡红色肉中如同白玉。我按照以往吃焖肉面的先后顺序，呷汤，吃面，接着吃焖肉。那块焖肉精肉酥烂鲜美，还有一丝丝咬劲，焖肉特有的酱香汁液在咬合中四溢，使我满口生津。焖肉内中脆骨软中带脆，在上下牙齿咬合中转成碎末，那一抹咸鲜在肉香中绽出，回味无穷。其后吃焖肉下方肥肉，入口时不感油腻，舌尖上略有油润之感，那肥肉又入口即化，满口腔的油香味，有一种说不出的幸福感。

在满足与欣喜中吃那条焖肉皮，肉皮送入嘴中，舌头与之相交，那一刻顿感那皮滑腴细嫩，触感如同两舌相交，在不知不觉中已滑过了咽喉，直到胃底。在这些味觉感受中，我早已把面及面汤吃了个干净。那日吃到的焖肉面从多个层面得到了享用，是一碗难得的完美焖肉面。

有道是苏州人每天的生活是从一碗面开始的，走着，走着，又朝着面馆而去了。

那天与老友相约寻觅面店，那家面馆在一家菜场旁，店小人杂，陈设简陋，却坚称自己是“三代祖传”面店，其焖肉面尤为精彩，吸引了不少居民前去品尝。

我们到达面店时，时间尚早，刚开市不久，吃面之人寥寥无几，倒也清静不少。我们只要了两碗焖肉大面，每碗仅售8元，价格低廉，在当今市场上仅相当于一只面包的价位，只是面要自己到窗口端上桌，无奈要吃，没法，自我服务吧。取到面后，回到座位吃面，说实在此面真乃价廉物美，汤鲜可口，油香扑鼻，面条软长且有韧劲，焖肉入口软润，味香咸鲜。

我正把那块焖肉分而食之，吃得起劲时，发现此肉皮顶端凸显一小块东西，细看乃一颗猪奶子，我顿感有些不适，今我吃到的是块“奶扑肉”，我挑起那块焖肉，皮上猪奶子尤显突出，此时思忖：“吃还是弃之？”邻旁老友看出此番情景，轻轻抛出一句：“这奶子人家没有多收你的钱，吃吧！”我想想也对，没多花钱有猪奶吃，吃过牛奶、羊奶，真不知猪奶啥味。其实此奶不是那奶，这不过是肉猪的生理肌体，已无生理功能。倒是东坡先生曾说过：“世上有些吃味道，可细嚼慢咽品味，有些只为了饱腹吞下也无妨。”想到此，我真把那块带奶子焖肉皮吞了下去。

走出面馆时，我那位老友笑眯眯看着我说道：“今日焖肉味道如何啊？”我真不知道说什么好，那时嘴中仍回荡着焖肉面的鲜香，但不知是肉香，还是奶香！我仅对老友说：“人家‘三代祖传’嘛……”

情韻藕饌

因为食物，才有风俗！在这些吃食的江湖里，我作出一些简单记录，似乎有些自命不凡，书生气十足，只想赞赏一下自己的吃劲！记起一次又一次与美食相遇，用文字回味美食，想起『人民艺术家』王蒙曾说：『人适当有一些书生气是可爱的。』我也应该去争做一个可爱的人！

苏味十记

我是一个爱吃的人，有事没事就会寻味而去。在我看来，游苏州不必都去吃“公司大餐”及名菜名点，街巷深处总有美味。那些小宗食品价廉物美，风味一流，又连接着地域城市文化，吃了让人难以忘怀。这“苏味十记”即我个人饮食偏好的记录。

一、一只酒酿饼

苏城春天，酒酿饼是信物，带着春的气息。时令吃食总是慰藉人心，今日吃到的这只黄灿灿、胖胖的酒酿饼实在好吃。咬上一口，松软香甜，带着淡淡酒香气息。饼的顶部及底背略显焦黄，微脆微甜，是烘烤到位的缘故。饼内饱满的玫瑰猪油丁，馅料丰富，吃在嘴里有一种久违的满足感，甜美可口，似乎能触碰到春天的意境。回忆起儿时祖母牵着我的手走在观前街上买酒酿饼、给我吃酒酿饼的情景，心里充满着惆怅。

未曾想到，这样的酒酿饼竟出自一家百年老店——采芝斋刘荣德老师傅之手，故在道上称“刘大师酒酿饼”，做得精致、风雅。我真相信在苏州古城里，信物不问出处，佳品就在身边。

在乍暖还寒的春日里，真需要这一口甜。

二、一盆八宝辣酱

不知在苏州哪家特色小饭店里吃到过一盆八宝辣酱，那酱松软鲜香无比，内中藏有香干、花生、茭白丁、香菇、白果、笋丁、开洋、肉丁等八宝，这些“宝”搅和在一起，融合在黄豆酱里，加入辣椒油成了一品菜肴。

说是辣酱，也只是淡淡辣味，吃上一口，却留下一丝丝甜味及八宝中食材的本味。

这种八宝酱，可单吃品味，也可用作调味，夹着薄饼、馒头，又能吃出另一番天地。苏州辣酱吃的是鲜味道，同时倡导的是“少吃多滋味”的吃食经。经朋友提醒，这一盆农家味十足的八宝辣酱是震泽美佳乐饭店的产品，我真是一个好吃又健忘的人呀！

凝聚时间味道的酱，有了辣才有“力量”。

三、一片咸肉

不知怎么的，这阵子我爱上吃咸肉。有一时段我已放弃吃猪肉的习惯了，连肉圆、肉馅包子都不喜欢吃了。

没想到来到阳澄湖边“鱼米之乡十八灶”农家饭店里，看到院子内成排成队的大块咸肉、咸猪蹄、咸鱼等挂在铁架上，沐浴在冬日阳光下，散发出油光，外表皮闪着盐粒晶光，整个院子都排放着这些咸货，阵势壮观极了。从厨房内飘出久违的咸肉鲜香，吊起我吃肉的胃口。

大厨端出一盆刚从笼上拿下来的咸肉，老苏州人有时也称为“风肉”，在大雪时分腌肉，翻压出缸后挂在屋檐，自然风干，开春时吃，味道好。这方咸肉切成片，精肉红澄澄，肥肉晶亮透明，肉皮润泽肥腴，散发着阵阵咸肉香味，唤醒我吃肉的感觉，我只能对自己说：一切顺其自然吧！

这片咸肉鲜得轻慢可解忧愁！

四、一个水潽蛋

水潽蛋在苏州真算不上什么菜点，但在日常生活中总能找到水潽蛋的种种吃法。

水潽蛋只是在煮开的水中，打入一个鸡蛋，撒上几颗盐粒，稍煮一下即成。苏州人既把水潽蛋当点心，又当菜吃。

在苏州许多地方，水潽蛋打在酒酿里、豆浆里吃，也有新女婿上门放在茶水里吃，都是甜的吃法。秋分那天，我在横泾太湖边阿潘饭店里吃饭，民间大厨阿潘露了一下他的手艺，土烧红烧肉、鲜莼昂刺鱼、猪小肠，那盆白汤鳜鱼加入几个水潽蛋，按照农家灶上的做法，野生鳜鱼汆汤，打入水潽蛋游弋在鱼汤中，白汤、白鱼肉、白蛋，三白成一色，吃上一口，心随汤，汤随蛋，风味出色。

虽是农家菜做法却也时髦，水潽蛋与鱼汤结合，溢出更多的蛋芬芳。

五、一碗小馄饨

坐落在山塘杨安浜里的秋娟馄饨店，从开业至今已有三十年了。这三十年她们只做馄饨及一些小吃，坚持在弄堂里的小店，走过三十年，其中辛劳真是可想而知的，同时也能看出该店馄饨等品质优良，口味醇香，真材实料，受到周边百姓青睐。

我常为寻觅心中的味道东奔西走，这次与朋友特地赶来吃一碗小馄饨、两只鲜肉汤团，苏州人习惯把肉汤团放在馄饨里一起吃，吃只馄饨，喝口汤，再吃肉汤团。说实话，这家馄饨手工制作，汤鲜物美，汤团皮糯、肉馅饱满且多汁，味道极佳，难怪受人推崇。

我吃完后问同桌的朋友："吃得怎样？"同桌的一位姑娘直喊："吃得想嫁人了！"我听了心里真感慨：

人间烟火气，最抚凡人心！

六、一根油条

油条是苏州人早餐上的常客，也有人开始用油条做菜了，烧豆腐、烧扁婆（蒲瓜），早些时候油条放在豆浆中吃，吃出新味，油条夹着猪油糕吃另有一番风味。

那天我在新聚丰菜馆吃油条，刚从油锅中炸好的小油条，是平常油条一半大小，金黄松脆。油条蘸着新鲜虾子酱油吃，至味至鲜，脆松的油条口感尤佳，蘸着的鲜虾子粒粒在舌尖上跳动。这一口香脆，这一口鲜美，真让人欲罢不能，一根连一根。

新聚丰掌门人朱大师大呼："今天吃三虾宴，后边菜多着呢，不要光顾吃油条了。"说完，朱大师还说这顿三虾宴吃好，每人送两瓶新出炉的虾子酱油，回家买了油条在家还可以吃，大家因此击掌以示庆祝。

我知道说是吃油条，更多是在品新聚丰菜馆今年刚上市的虾子酱油。

三虾宴里的油条，吃出不一样的江南。

七、一杯饮品

每次我去同源房私房菜馆吃饭，饭店业主总是率先给一杯饮品，微苦微甜，淡淡清香。

这是一杯淡绿色饮品，有时还带点暖手的温度，我总在软软淡淡喝下后，徐徐打开吃食的闸门。其间问业主，此杯中之物为何物，被告知，这是一杯新鲜石斛茶，有清口、润肠胃、生津等功效，也是吴门医道传统医食同源的养生秘诀。我真佩服这家店在提供优质美味菜肴外，推行优质服务，关注顾客身心健康，引领饮食新潮流。吃好一席菜，先润养胃，后安其心，这是苏州人的讲究，店家送出一杯茶水虽然是小事，但真正服务质量就体现在细微之处。

苏味入杯，待客之道。

八、一粒螺蛳

大抵江南人对螺蛳都怀有好感，每逢清明前夕，家家户户都有吃螺蛳的习俗，说是吃，实质应是嘬（吸），螺蛳虽小却鲜味十足，吃螺蛳已深入苏州人的文化生活中了！

有道说："清明螺赛过鹅。"尤其是上了年纪的老苏州人，对螺蛳有种亲近感，在经济困难、缺衣少食且没有荤腥的年代，螺蛳似乎成了苏州人唯一的美味佳肴，称为“罐头里笃肉”，也有饭店店名干脆称为“螺蛳饭店”，供应亲民平价饭菜。

我总要到“镇湖郁香饭店”吃螺蛳，今年春上，我又赶去那吃了顿饭，那里端出看家菜，红烧猪爪、清蒸白鱼、盐抹鸡等，味道真好！

让我难以忘怀的还是那盆清炖酱螺蛳，那盆螺蛳粒粒饱满，大号口径，青壳油亮，鲜味十足，汤头刚没过螺蛳肉，还带着淡淡辣味。吃螺蛳得用手捏着，送到上嘴唇和下嘴唇之间，轻轻“嘬”一下，吸出螺蛳咬下头肉，细嚼慢咽品味美味。末了我要了一小碗的饭，用螺蛳汤汁泡饭，是一种吃食上的享受。螺蛳可炒、可烧、可炖，就我个人爱好来说，我喜欢这家饭店的清炖方法，加上农家自制黄酱调味料，鲜劲十足，汤汁清澈，似乎集中了水乡春天里所有的味道。

一粒螺蛳虽小，却带着极致的鲜味。

九、一条油氽小鱼

深秋初冬时节里，我被邀去吴江“七都老镇源”开业典礼，仪式结束后，开起庆功宴席，招待各路宾客。那日宴席菜肴多样，件件精工细作，佳肴美味，但让我吃后留有记忆的，却是那盆油氽小鱼。

放在我面前的是刚出锅的油氽小鱼，看得出是野生窜条鱼，那鱼鱼身油亮，色泽棕黄，透散淡淡的鱼香气。大厨手艺高超，粗料细做，水乡这种小鱼经浸渍上味，经油锅清炸成型，复炸成品，端上桌来，入口脆松鲜美，整条鱼连鱼骨全部可吃下，其新鲜鱼肉的鲜味总像是在呼应心里的满足感。据说这种鱼有补脑等多种功效。

忘不了，咀嚼油氽小鱼发出的清脆声响。

十、一只冬至团

苏州人重节气、节日，尤为重视冬至节，有“冬至大如年”之说，冬至团是冬至节上必须准备的物品，团子寓意为团团圆圆，讨一个好口彩。

百年老店黄天源糕团店，在冬至节前几日就开始出柜供应冬至团，采用糯粉八成、粳粉二成，掺和成粉团，馅心有甜、咸两种，甜为细沙、猪油丁，甜美肥腴，咸的是葱油萝卜丝，口感脆香鲜美。蒸熟成品。冬至团顶端点着一个红点，喜庆又不失优雅，让人眼前一亮。所有食材都是原产地绿色材料，传承古法，纯手工制作，完美无缺，真解乡愁。我也相信这家店的糕团，传承正统苏式糕团，一年四季应季糕团层出不穷。

因为食物，才有风俗！

在这些吃食的江湖里，我作出一些简单记录，似乎有些自命不凡，书生气十足，只想赞赏一下自己的吃劲！记起一次又一次与美食相遇，用文字回味美食，想起“人民艺术家”王蒙曾说：“人适当有一些书生气是可爱的。”我也应该去争做一个可爱的人！

因汤包形小而馅多，制作时不能露馅破皮，一般店里多选择女点心师制作。包好汤包上笼蒸上5—7分钟，即可上桌。一般客人落座到汤包送到桌上不会超过15分钟，吃汤包也顺应一个『规则』：只可人等汤包，不可汤包等人。

苏州汤包

上海食界的老友打来电话：“求吃苏州汤包。”他说道：“那日晚上，我梦见小时候爷爷带我在观前街观振兴面馆吃汤包，滋味难忘，加上思念爷爷的情结，我想要释怀一下，一定要吃正宗的苏式汤包。”

旧时苏式汤包“小而精”，与北方“高而大”、用塑料管吸食汤汁的形态完全不同。按那时要求，一两面粉要制作十只与“五分钱角子”大小相仿的汤包，按一笼十只售卖，其大小正好一口一只，而且旁边另配有一碗蛋皮丝骨头汤，姜丝、香醋，可自行选择。在苏州，汤包另有一个称谓——绉纱汤包，汤包出笼遇冷后皮上起了皱褶子，其纹路如同布料绉纱一样。

苏式汤包是苏州传统点心，在苏州人的生活里扮演着重要角色，一般在早间和下午时段吃得多些。汤包被称作“细点”，当然价格要贵一点。一般苏州百姓家中平时常吃的点心有大饼、油条、馒头等，但有时在节假日、来了客人时，就会去买两客汤包尝尝鲜。苏州一些艺人，尤其是评弹说书先生，临上台之前不能吃饱饭，但要垫垫肚子，苏式汤包是他们的首选。苏州还有些茶馆、浴室，那里的茶客、浴客等，有时也会点汤包，店家会送至茶馆、浴室里。旧时苏州城里做苏式汤包的店大多颇具影响力，如观振兴、朱鸿兴、大方斋、长兴馆等，城外有聚新春、近水台等，都是有名的店。在苏城，还有一些名不见经传的小饮食店也做汤包，各有特色风味呢！

喜欢吃苏式汤包的人知道，苏州汤包与小笼包是不同的两个品种。从外形看，汤包的褶子是朝下的，而且皮子薄、馅满、汤多；小笼包用的是半发面，褶子朝上，馅心亦有多种，如鲜肉、蟹肉、细沙等。苏式汤包馅心都以鲜肉为主料，加入皮冻，一般都用上等酱油、糖等调味，色泽枣红。但随季节变化，馅心色泽也有变化，尤其在夏季，肉馅色白呈象牙色，却鲜味不减。吃汤包时要先开一个小口，缓缓吸吮，再吃包子，不然汤汁会四溢，就失滋味了。一口一只快吃会烫着口腔唇舌，要细品慢吃才对。

制作苏式汤包真是一门技术活，细小汤包在包捏时手上功夫要“食指拇指联动”，手大指粗的人还难以做此活。旧时面馆、点心店，称这类点心称为“件头”点心。食客落座后，即马上包起汤包。把擀好的皮子托在手指中，挑起拌好的馅心，放在皮子中间，用另一只手食指拇指联动捏起褶子，略向上提起，底下中指及小拇指则慢慢转动配合。因汤包形小而馅多，制作时不能露馅破皮，一般店里多选择女点心师制作。包好汤包上笼蒸上5—7分钟，即可上桌。一般客人落座到汤包送到桌上不会超过15分钟，吃汤包也顺应一个“规则”：只可人等汤包，不可汤包等人。

我的那位上海食友打来电话寻觅苏式汤包，我当然要想方设法满足他的要求。因为前些时候他自己带着家眷一大帮子人来过苏州，去观前街寻找观振兴，又去山塘街等多地寻找那里的点心店、面店，都说只有小笼，没有汤包，而且告诉他：“你说的那种小汤包早已不做了，难做又不赚钱，现在谁做呢？”我也知道，人呀想吃一物却吃不到，这样长久下去，要犯吃食上的相思病的！

定了日期那一日，我与上海食友等相约去了朱鸿兴老店（苏州博物馆对面店），又请出两位高手：高扣林，观振兴原点心大师；汪成，白案大师。他俩精心制作了苏式汤包、眉毛油酥、蟹粉小笼、加虾烧卖、玫瑰桂花糕等一批精细点心，还配上一碗陆文夫《美食家》书中提到的该店的“头汤面”。

上海食友及那批朋友吃得如痴如醉，大呼能吃到这种点心，不枉来此走一遭。我也心知肚明，这些“件头”点心是专门定制的，市面上也少见了。那食友跟我说：“我老家在苏州，出生在苏州，虽现居上海，但对苏州有着不解的情结。”小时候的吃食常在他心中，忘不了那种滋味。即使在上海等地吃过不少汤包，不是个头大就是味道不对，他永远吃不到小时候那种苏州味道。今日吃得正合意了，圆了他的梦。那一笼十只小汤包，只只饱满，汤鲜味美，回味仍带着一点鲜甜，好吃！他又说道：“你们苏州怎么不把这种技艺传承下去呢？这也是非遗饮食文化呀。”我也被他说得脸上发红，真不知怎么回答他了。

我想起多年前已故的苏州作家、美食家陶文瑜先生也说过此类话。那次我们在皋桥下塘一家三得利点心店吃苏式汤包，制作此点心的是著名白案大师茅振华，他原在石路四时春学艺，后又在近水台当店主任，随后又转入观前大三元酒家当大厨，后来又自己开业营生。这家三得利点心店，早上供应汤包、馄饨、面条；下午供应生煎馒头、汤团等。因手艺出众、质量把控严格，顾客络绎不绝。他亲自调制的苏式汤包，成了这家店的“当家点心”。

那次在三得利吃汤包结束时，文瑜还要买二客汤包带回去，我说：“汤包冷了，回蒸后味道不好吃了。”他振振有词道：“不要紧的，冷了回蒸有复合味了，我要带这些汤包给杂志社同事尝尝，让他们看看苏州还有这种旧式小汤包在供应。”

回到现实生活中，说起来真还有点感慨万分：制作苏式汤包的两位大师高扣林、茅振华都已作古，文瑜兄也走了。朱鸿兴老店已被拆迁，皋桥下塘三得利点心店早已荡然无存了。苏州的小吃、“件头”点心又面临着多种挑战，我也曾在饮食行业中呼吁保护传承好传统苏式点心。业内也有人跟我说：“像苏式汤包这种费工、费时的点心在市场上能卖多少钱，当下社会不赚钱的事是不会有多少人去做的！”想想也是，企业承担着高额房租，又有多项费用支出、劳动力成本增加等等，千做万做，蚀本生意不做也是从商之道。

但也有反其道而行的企业，如多年前从苏州观振兴面馆走出来的几位有远见的高人，着手创建老顺昌点心店，在大上海站稳脚跟，其主打产品即苏式汤包、馄饨、面条、馒头等，老顺昌点心店以手工制作、标准化工厂生产，以连锁经营的形式在上海“大施拳脚”，取得了巨大成功，现已成为上海市老字号著名品牌企业。当然，这与现做、现卖、现吃的苏式汤包略有不同，但从另一个层面可以看到商机无所不在。如何在传承中创新，又在创新中使用现代科学技术和经营理念求发展，是值得研究的课题。苏州有着广阔市场、面广量大的消费群体，餐饮企业面对的问题是如何适应市场变化，求发展。生意人人可做，各有巧妙不同。

现在有很多好消息传来，有关部门出台多项扶持发展中小餐饮业的政策，建成多处美食街区及美食聚集群，又加大了夜间消费扶持力度。在苏州旅游服务经济的推动下，一个大好局面正在展开。在苏城，大批来苏开店、创业的餐饮店成了“网红”，卷饼、串烧、糕饼、奶茶、酥肉等获取了大量“粉丝”，生意日日更新。我相信苏式汤包定会有企业家、有识之士等人传承发展下去，绝不会像以前虎丘蓑衣饼那样，成了“广陵散”。

年货有食物、物品、花木等，是人们过年时的心结情怀。亲友邻里之间还要互赠些年货物品。每种吃食、物品都对应心里的祈盼，来年安康，生活红火，国家强盛。

蘇食記

年货备忘录

今年的春节似乎有点不同寻常，因为中国春节已被联合国教科文组织列入非物质文化遗产代表作名录。数千年来，春节维系和强化着个人、家庭和国家的情感纽带，对中华文明的绵延赓续发挥着重要作用。在春节活动中，最具象征意义的莫过于除夕的年夜饭，阖家团圆，期盼新年。2025年是第一个非遗版春节，这一年的年夜饭可得好好准备呀！

这几天，我几乎天天忙着备年货，不是家里没有东西吃，实在是今年过年的氛围推动我迈出门槛，走向市场。

苏州人从冬至过后就开始着手准备各种年货了，冬至节苏州人尤为重视，常说："冬至大如年。"又有一句话，冬至夜"有钱吃一夜，无钱冻一夜"。现今生活都改善了，苏州家家户户都要"吃一夜"了。今年冬至，元大昌的冬酿酒格外火爆，其场面前所未有，排着长蛇阵的队伍不说，还有不少人带着露营帐篷连夜在大门口“安营扎寨”，等待天明后购买冬酿酒，真让人大开眼界！奇归奇，毕竟冬酿酒也是年里的信物！更可喜的是，苏州冬至节庆已被列入市级非遗保护项目名录了。

过去，我总习惯于过了腊月二十四，吃了大团子才去备年货，今年准备年货得提早写好备货单去进货了。现今物产丰富，人民生活水平提高了，购买力高涨，购物又方便。旧时临近年关有“河水要涨三分”的说法，形容物价飙升，现今物价平稳，又有多种年货购物节、集市、展销等活动，还增加了多种优惠便民措施。网上全国各地多种特色年货，价廉物美，送货上门，购买方便。

我还是“老头筋”，购买年货亲力亲为，而且购买年货还认定对应商家字号，自认为这样买一个正宗、放心，更是满足自己的心结，这是多年养成的习惯，难改呀！

今年我去采办的年货主要有以下几种。

一、干货

笋干：必须要买正品福建货，以前常在南货店买，回来自己泡发。菜场、超市都有售，笋干是过年必备品，老人常说笋干“节节高”，心里期许来年生活节节高。

油氽肉皮：选择白净、块面较大且厚实的为好。菜场有售，干肉皮经油氽后，涨发出一定厚度，在热水中浸泡后，口感松软糯润。过年用上发好的肉皮，与肉片、鸡片炒着吃，与蛋饺、肉圆、粉丝做成汤菜尤佳。心里总预想着：来年股票大涨，自己钱袋子大涨、大发。

二、糕团

年糕：苏州人过年，年糕、团子少不了，寓意为生活高高兴兴、团团圆圆。年糕还得多买些，来年二月二吃撑腰糕还得用上。

正月初一苏州人家早晨吃糕汤圆子，把切小的糖年糕与小圆子同煮，这是习俗。购买年糕等货，必须到百年老店黄天源去，还可随手买上几客八宝饭及猪油年糕呢！糕团我只相信百年老店黄天源，货真价实，非遗纯手工制作，吃得放心！年夜饭点心上八宝饭，心里总有着喜气洋洋、财源滚滚的期许。

三、咸货

咸货是冬季年节食物中的“宝物”，咸鱼、咸肉、酱蹄等过年时还得准备些。现在生活质量提升了，咸货虽然吃得少了，但过年屋檐下挂着咸鱼、咸肉、酱蹄等物，才有过年的气息，又像是丰衣足食的样子，即便不吃，看看心里也觉得踏实高兴。过年许多汤菜、蒸菜中缺了咸货，就像缺了灵魂似的，鲜味不知去哪儿了！当下菜场、一些饭店多有自制咸肉、咸鸡、香肠等，可随意挑选购买备用，也有不少苏州人家自制各种咸货，慢慢食用，把生活过得有滋有味。

四、糖果

过年家中总要备些糖果、炒货，就算自己不吃，来人拜年总还拿得出手，尤其是小孩来，老人还得抓上几把给小孩。苏州人过年糖果首选蛋黄花生、寸金糖、香榧子、瓜子等，在大年夜守岁时还用得着。苏州糖果店众多，但我一直在观前采芝斋购买糖果，这里选择余地大，质量上乘。苏式糖果制作技艺已是省级非遗保护项目。

五、水果

现在生活水平提高了，过年总得备些水果。我按照传统习俗，过年欢喜买上些橘子，口彩好，吉利。尤其是东山“了红橘”，皮红肉酸甜，存放时间长，人们都爱“了红橘”，火红外皮，像烘托我们日子红红火火。水果中另一款青橄榄是必备品，新年苏州家家户户要吃元宝茶，泡茶时放上两粒青橄榄绝不能错过。

购买水果我一般会去大超市，东西多，挑着买全凭眼光。

六、花木

苏州人过年时分，总得在家里装点些物件烘托节日气氛，这就离不开传统节令花木。我总是去皮市街花鸟市场购买银柳，插上几枝，讨口彩，寓意为有银、有楼。我还会买上盆水仙，水仙被称为凌波仙子，装在盆里放些清水好养，春节时开花，总开得从容清雅。当下过年又时兴摆放蝴蝶兰，艳丽芬芳，我也会顺应潮流买上两株，也算“赶时髦”。

七、点心

春节期间，假期时间长，亲戚朋友相互走动多，来家的都是客，有时必须准备一些点心、茶食。其中点心，苏州人有讲究，对应春节的节令习俗，一般有紧酵馒头、油氽猪油年糕、春卷等。这些点心采办回家后，储藏好，待客人到来，还得亲自动手去做。我一般买紧酵馒头去朱鸿兴面店，买猪油年糕去黄天源，采办春卷皮子去菜场。春卷我自己动手包，馅心用荠菜笋丝肉丝。这几样点心都只需在油锅中轻炸，猪油年糕还得用蛋糊包裹后下油锅，吃一个松脆、鲜甘，像粘着春的气息。

八、年夜饭

年夜饭是一年中最重要的一顿饭，承载着一代又一代人的心情，吃已经不重要了，为的是团聚、欢快、吉祥。我采办食材准备一桌年夜饭，自己动手，亲力亲为，与家人们欢聚。每一道菜点都对应一种过年时的口彩：

我今年准备的年夜饭（食单）如下：

冷盆：美味羊糕（吉祥）　　炝拌水芹（勤劳）

苏式酱鸭（有财）　　糟卤黄豆芽（如意）

透味熏鱼（有余）　　葱油萝卜丝（快乐）

顶盆：油爆虾（红火）

热菜：清熘虾仁（欢迎）　　蟹粉鱼肚（团圆）

笋干烧肉（节节高）　　三丝蹄筋（有劲）

青鱼划水（有余）　　蛋饺肉圆（元宝）

鸡油菜心（安乐菜）

砂锅五件子（整鸡、整鸭、整蹄、火方、鸽子）（五福到家）

点心：八宝饭、春卷（甜蜜）

主食：白米饭加荸荠（掘元宝）

过年要购买的年货物品还真多着呢，各家有各家的爱好，年夜饭里菜肴点心也各有不同。现在流行到饭店里去吃年夜饭，省事省心，吃得也好。这几年饭店年夜饭口味质量有所提高，新梅华供应的年夜饭已被列入市级非遗保护项目名录，广受百姓欢迎。也有人买些半成品年夜饭在家吃，也省去许多费事费心的环节，这也是一种好办法。吃年夜饭丰俭由人，我受父母影响，顺着父母在世时过年的菜点喜好，准备一切，又按照母亲教我的烹饪方法烧年夜饭，因为我想过年祭祖也得称他们的心呀！

年货有食物、物品、花木等，是人们过年时的心结情怀。亲友邻里之间还要互赠些年货物品。每种吃食、物品都对应心里的祈盼，来年安康，生活红火，国家强盛。过年时除了吃食，还有贴春联、拜年、贴年画、逛庙会、穿新衣服等活动都须早做准备，过一个像样的非遗春节。现今生活水平有了很大提升，食物丰富，穿着时新。生活在当下，天天像过年。

春季里，塘鳢鱼在青石桥下游弋；夏日里，荷花塘中莲藕透出清香；秋季里，阳澄湖大闸蟹膏肥黄满；冬日里，太湖萝卜在湖边舒展嫩叶。这种与水共生的地理特性，塑造了苏州饮食『不时不食』的时令哲学。

苏州的四季风物

苏州地处太湖之滨，枕长江，近东海，山明水秀，人杰地灵，物华天宝，素有“人间天堂”之美誉。苏州是首批中国历史文化名城之一，历史悠久，经济繁荣，文化积淀深厚，太湖山水、古典园林、小桥流水、深宅古镇等尽显江南水乡风貌。苏州的饮食丰富多彩，四季有别，崇尚“不时不食”，风味独特，成为中华饮食文化中的瑰宝。

苏州菜又称“苏帮菜”“吴地菜”，自成一体，独步天下。据典籍及文史考证，苏州菜始于先秦，成于汉唐，兴于宋元，盛于明清，其饮食文化源远流长。《大业拾遗记》记载：吴地进贡“金齑玉鲙”，隋炀帝品食后称之为“东南佳味”；明代张岱《陶庵梦忆》记载：苏州“带骨鲍螺”为“天下至味”；清乾隆帝六下江南，驻足苏城，称姑苏为“天下第一食府”。苏帮菜的美誉度由来有据，自有缘故。

苏州菜又称文人菜，精细、风雅、清鲜，做到“浓不餍胃，淡不槁舌”，受到历代文人追捧。饮食史上就有吴羹屈原、炙鱼专诸、渔舟范蠡、莼羹张翰、甫里鸭馔、云林烧鹅、中馈芸娘等菜品引人入胜。另有诸多文献中记录了大量苏州菜名菜名点。

明代文震亨在《长物志》中记述苏州食器搭配之道。清代袁枚在《随园食单》里记有苏式菜肴的精妙。拙政园主人王献臣宴客时的华宴，以四季花卉入馔，这种将饮食升华为艺术追求的做法，超越了果腹之需，成为承载文人雅趣的文化载体。

苏州用两千五百年的光阴酿就独特的饮食文明，从良渚先民的稻作文明，到明清士绅的饮食美学，苏州人的餐桌始终是江南文明的核心代表。春季里，塘鳢鱼在青石桥下游弋；夏日里，荷花塘中莲藕透出清香；秋季里，阳澄湖大闸蟹膏肥黄满；冬日里，太湖萝卜在湖边舒展嫩叶。这种与水共生的地理特性，塑造了苏州饮食“不时不食”的时令哲学，更显示出苏州这座城市饮食的本质特性。

春时，观前街的松鹤楼，百年老店的门楣两旁挂着朱漆对联匾额，上书“乾隆始创，誉满全国”。跑堂的肩上搭着白巾，穿梭在八仙桌间。桃花流水里鲜活的鳜鱼，被做成一碟松鼠鳜鱼上桌了。金黄脆酥、头昂尾巴翘的鳜鱼，被淋上红亮的番茄糖醋汁，宛如一幅立体的画。鱼肉入口外脆里嫩，又酸甜适口，让人想起诗句“鲈鱼正美不归去，空戴南冠学楚囚”。

春季推荐菜点：

糟溜塘片　白汁圆菜　腌笃鲜　樱桃肉　清炖刀鱼
松鼠鳜鱼　青　团　春　卷　酒酿饼　生煎馒头
油　墩　扁尖肉丝　爆鱼面　虾腰面　蕈油面

初夏，平江路的小巷深处，藏着几家不起眼的面馆。清晨，老苏州会寻一处临窗近河的座位，要上一碗“头汤面”。那碗面的面条呈“鲫鱼背”状，汤色清鲜，上浮着一层薄薄的油花，撒上蒜叶，香气四溢。“过桥”（放在小碟）的那块焖肉泛着琥珀色的光泽，放入面碗中，一口汤，一口面，一口焖肉，总吃得心满意足，印证了那句“人间有味是清欢”。

夏季推荐菜点：

清炒三虾　响油鳝糊　苏式卤鸭　虾子白鱼　荷叶粉蒸肉
西瓜童鸡　鲜肉烧卖　炒肉馅团子　绿豆糕　鲜肉粽子
菜馒头　风扇冷面　卤鸭面　三虾面　枫镇大肉面

金秋，阳澄湖美人腿上的农家乐里，蒸笼里腾起热气，与烟火气交织在一起，硕大无比的阳澄湖大闸蟹登场了。以每人一对蟹（一雌一雄）的吃法，农家主人说：“吃阳澄湖大蟹不用蘸醋，肉质带着自然甜味。”果然，此蟹膏满蟹黄，油润肥腴，白肉鲜中带甜，可以吃出蟹的本味。还是章太炎夫人汤国梨说得好：“不是洋澄湖蟹好，人生何必住苏州。”

秋季推荐菜点：

鲃肺汤　大闸蟹　黄焖河鳗　扣肉　清炒虾蟹
莼菜鱼圆汤　鲜肉月饼　南瓜团子　重阳糕　桂花鸡头米
汤包　三鲜大面　虾丝两面煎　排骨面　秃黄油面

冬日，山塘街桐桥旁的饭馆小楼里，沿窗落座，窗外虎丘塔影，门外桨橹声声，桌上暖锅火红气足，满满菜品，风肉、白鸡、蛋饺、肉圆、熏鱼等围成一圈，排码在暖锅中，热腾腾，汤鲜物美，年气十足。

这种场景、气氛如同白居易诗中所写："绿蚁新醅酒，红泥小火炉。晚来天欲雪，能饮一杯无？"

冬季推荐菜点：

母油船鸭	青鱼煎糟	砂锅五件子	酱方暖锅	
四宝菜心	冬至团	桂花年糕	紧酵馒头	枣泥拉糕
八宝饭	冻鸡面	葱油蹄髈面	羊肉面	青鱼划水面

这些街巷中的吃食老店，或许不够气派，却是真正经得起时间考验的美味。四时八节，一年轮回，它们承载着这座城市最原汁原味的烟火气息，值得你走一趟，带上十足的胃口和期待，相信你也会爱上这座城市的味道。

有人告诉我，你要了解一个城市文化脉络，去参观博物馆，你要了解一个城市民生美食，得去菜场。从这点上说：去菜场还能观察一个城里经济热度到人生百态，民风，民俗呢！

菜场缘

我是一个喜欢吃的人，总迷恋菜场里的各种时鲜货。我总认为日常餐桌上的变化，应跟随着菜场的食材而波动。有时我去菜场“扫货”，总是大包小包拎回家，人弄得腰酸背痛，却感到不亦乐乎。我最喜欢去的菜场，是有农民自产自销摊点的那种。那些大超市式的菜场，似乎离我远一点，近期出现的市集式菜场离我更远，这就是年轻人与我们的代沟。

有人告诉我，你要了解一个城市的文化脉络，去参观博物馆；你要了解一个城市的民生美食，得去菜场。从这点上说，去菜场还能观察一个城市的经济热度、人生百态、民风民俗呢！

我居住在这个城市里，与大妈、大姨们一样，习惯于每天上菜场，如同学生做作业一样，每天得去一次。要知道，菜场与百姓生活是密不可分的。

苏州物产丰饶，菜场里每日总是充满鲜灵活跳的各种水产，水灵清鲜的蔬菜，五彩缤纷的各种小食、油粮，目不暇接的猪肉、羊肉、牛肉及禽蛋，还有那些说不清的零嘴、杂食。

苏州人在吃食上崇尚“不时不食”，会过日子，而且一年四季吃食上的生物钟精准，不怕麻烦总是天天上菜场。到什么时节吃对应时鲜食物，生活过得有滋有味。

我爱好去菜场，有时不买菜，也到菜场去兜兜风。我常感叹菜场像人生的大课堂，那里人来人往，天南地北的顾客、菜农、小贩等都像是自己的老师，教会你吃食，教会你分辨食材真伪好坏、节令时鲜。说白了，教会你生活。

一、家住菜场边

我与菜场有缘，从小到大一直居住在菜场边。小时候我家居住在牛角浜，当时苏州最大的菜场玄妙观菜场就像在家门口。那时菜场的菜农都是近郊农民，天不亮就挑担进城卖菜。玄妙观菜场鼎盛时期，菜农的菜担从玄妙观观成巷一直摆到我家门口呢！那时去菜场，苏州人称作“去买小菜”。

我懂事起总跟着外婆去菜场买菜，买好菜后我拎着回家。我记得与外婆一起去买菜，外婆的竹篮里总是带着一杆自备秤，卖菜人家称好后，她总是用自备秤称一下，尤其买鱼、买肉总是用自备秤“复一复”。直到现在，我还清楚地记得，一次外婆在肉摊买一块像大饼一样大小的猪肉，准备回家炒肉丝用，当时价格仅八角。摊主切好称好后，外婆照样用自备秤称一下，秤杆明显往下掉，外婆理直气壮地说道："你的斤两不足呀！"摊主见状也不多说，手起刀落又切了一块棋子大小的肉，丢在我的篮子里。那时我也观察过菜场里去买菜的老头、好婆，篮里都有自备秤。他们生活过得节俭，收入有限，常过紧日子。菜场里卖菜卖肉的人最头痛碰到那些老头老太，他们买东西真"锱铢必较"。

20世纪70年代末，我已成家了，居住在乔司空巷贻德坊里，出门拐弯，就到大成坊。那时玄妙观菜场规模缩小了许多，重心转移到大成坊街上，我出门即菜场。那时菜场只在上午开市，下午是没有供应的。有一日中午，我从单位回家，见大成坊与乔司空巷拐角处，站立着一位东山农民在卖鲜活鲃鱼，那七八条鲃鱼离水，涨起泡泡，鱼肚上倒刺根根竖直，看的人多，买的人少，有好多人不识货，问这是什么鱼？有毒吗？那农民焦急地说："今天我来晚哉，中午这些鱼还没有卖光，我要赶回东山，下午一点还有一班长途汽车可回家，不然今晚要住在苏州了，住宿要钱不舍得呀！"他又大声说道："啥人要买便宜点。"又说："八条鲃鱼原要卖二块八角，现在买就算二块五角。"我在人群听到，看到农民心情急切，那时我在饭店里工作，知道鲃鱼是太湖时令鲜货，而且只有秋季才有！随后我跟那农民说："这些鱼卖给我吧。"当时没有篮，鱼不好拿回家，我就说："鱼连那只装鱼的竹篮，还有那张垫在鱼身下的鲜荷叶一起卖给我，我不要你便宜，给三块。"那农民郑重其事地说："我那只竹篮破旧了，不值钱的。"我说："你不给那竹篮，这点鱼我怎么拿回家呢？"那农民千恩万谢拿了钱，赶车回家了。我回家后把鱼治净，红烧满满两大碗鲃鱼，吃得满心欢喜。

20世纪80年代末，单位抓阄分房，我住到了马医科曲园旁。从家中出来，出门即马医科菜场，每天清晨我总去菜场兜一圈，有时买些菜，有时买些早点回家。一来二去，与菜场里的菜农混熟了。一天有位农民在菜场里出售一种略黄色的菌菇，上面还有些铜绿色的斑点，许多人只看不敢买，怕有毒，其实这是苏州特有的一种“松树蕈”，俗称“塘蕈”。我看此物是好东西，走上前去买了回家，洗净后熬成一瓶“蕈油”，吃了一个夏天，用来做冷拌面浇头，有时烧烧豆腐等，滋味十足，鲜香浓郁。我感到菜场里总有好食材，只看你懂不懂。随后好多年，像塘蕈一类的菌类就很难见到了。一些东西真是可遇不可求呀！

20世纪90年代初，我又一次搬家了，居住在定慧寺巷八宝街，出门不远即双塔菜场。那时我仍保留着常去菜场的习惯，双塔菜场里，有一对东山来的母女专卖水产，每日头班汽车，带着鲜活水产赶来菜场出售，我是她们常客，有时她们还特地带上些清水大河虾、鲜活塘鳢鱼、童子鳜鱼等留着专门给我，真是一片诚心。

双塔菜场里让我挂念的是一位菜农，人们都叫他老周，他是在二十多年前从苏北来苏打工，后来卖菜。老周做生意认真，总是最早到菜场，最后一个离开菜场的人。即便菜场中午落市时，他也从不离开自己的摊点。一次我中午下班，想到菜没买赶紧去菜场，整个菜场“人去楼空”，摊点都打烊了，唯独老周还守着自己的蔬菜摊桌，他热情招呼着我，我买了些蔬菜，赶忙回家烧中饭去了。老周虽是苏北人，穿着旧式衣服，显得有些破旧，但他的头发特别，脑后留着一株小辫子，看上去倒有几分艺术家风度。

在以往的生活中我搬过几次家，而每次总搬到菜场旁边，说是有缘，也是巧合，这培养了我有事没事去菜场看看的习惯。说实在的，有时真不是去买菜，而是惦记着菜场里熟悉的卖菜人和同道的买菜人。

二、菜场里当营业员

20世纪70年代初，我从农村插队返苏工作被安排在服务行业，那时处在年底时节，有关领导把我先安排到玄妙观菜场劳动三个月，做好春节市场供应工作。

随后我每天凌晨四点起身去菜场工作，下午还得去平门、葑门等地用手推车拖菜到菜场。虽然劳动强度大，但是与我参加工作、走进社会的第一堂课——在农村插队时劳动，这些苦真不算什么。

我在玄妙观菜场分配到蔬菜组劳动，蔬菜组是一个大组，有着五六只摊组。蔬菜组组长是位中年男性，近郊车坊人，因一只眼睛有疾，看人看东西常有些“斜视”，大家都称他“斜组长”，他也不计较，乐意接受人们对他的叫法。

“斜组长”平时不在摊点前卖菜，总在菜摊后边帮我们做些准备工作，搬这搬那，忙得很。跟我搭档卖菜的阿姨跟我说：“‘斜组长’以前也站过柜台的，有好几次顾客前来买菜，他称菜时斜视，一本正经看秤，但站在他前面的人总觉他像盯着人家脸不放，男同志还好一些，女同志有些吃不消，闹出许多误会。”故而他识相“退居二线”，做些日常准备工作。我在菜柜上工作，“斜组长”不时指导我，让我深受感动。一次一个大妈在我手上买菠菜，她把篮筐里菠菜大把大把放在她的竹篮里，然后叫我称一下多少斤两，那时没有用塑料袋，买菜都自备竹篮，她自报竹篮重四两，我称好菜后扣除竹篮分量，收钱做完这笔生意。“斜组长”看我做完这笔生意，对我道：“竹篮分量多少，你要上秤吊一吊看看是否正确，不然要缺斤少两的。”我想想对呀，做生意马虎不得，随后几笔生意，我都把篮复称一下，确实类似菜篮有的三两半，有的四两。还有一次一位常来买菜的大妈来买菜，那只篮我认识，重四两，但当天称了一下，变五两了。我做完这笔生意，回头看着“斜组长”说：“今天秤准不准呀？前两天称这篮子是四两，今天重，变成五两了。”“斜组长”漫不经心说道：“昨晚下了一夜雨，现在还在下，竹篮浸过雨水，分量当然要重一些了。”我恍然大悟。

“斜组长”另有一绝技是心算特别快，他称菜，报出分量，随口马上报出价钱。有次一位顾客在我手上买棵大白菜，分量称出两斤八两，每斤一角五分，我一门心思在算八两多少钱，“斜组长”在一旁说道：“这棵白菜四角两分。”随后我问“斜组长”：“你怎么算得这样快呢？”他语重心长地说，熟能生巧，要多练，多算，还得找窍门，又说：“这棵白菜两斤八两，不要死算，你把它看作三斤，四角五分再扣除二两三分，就是四角两分，这样算就快啦。”那天，我走在回家路上想着“斜组长”对我说的这些话，真感到实践出真知，社会是个大课堂。

通过那三个月菜场劳动，我收获颇丰，结识了一批卖菜的人，自己也当过一回卖菜人，特别是“斜组长”和一些人对我的关心教导常记在心。那年我刚满26岁，随后被正式分配到松鹤楼菜馆工作。以后好多年，有时走过玄妙观菜场，我总要去看看“斜组长”和菜场里的阿姨们。又过了几年，玄妙观菜场整体搬迁，人员也各奔东西。偶然我走过玄妙观菜场总要去那里走一走，看看我几十年前站立卖菜的地方，心里还惦记着“斜组长”，总忘不了那时卖菜的情景。

三、菜场饭店

20世纪80年代初，我在松鹤楼菜馆工作已经十多个年头，入了党，做了店主任。在改革开放浪潮中，松鹤楼生意越做越大，还开始接待国际友人、外宾团队。一些传统名菜名点都已恢复，经典苏式卤鸭面、松鼠鳜鱼等开始供应。每年节假日里，婚宴等总是安排得满满当当。那时对货源食材需求量日趋增大，还有那些时令菜肴要供应。我得常去菜场、自由市场采购多样食材。采购食材也是一门学问，要看货品是否对路，质地好坏，斤量是否准足等，这些都要把控好。业内有句话：“进货进得精，亏本亏得轻。”有一时段，饭店进货权成了“香饽饽”，所以多数时间里，店主任得随时亲自出马采办货源，谈论价钱，去菜场成了常事了。

松鹤楼是著名大饭店，各类食材消耗大。各大商号、商贩都争着与松鹤楼搭上关系，做大生意。我心里十分清楚自己店的优势，总是以适合价位大批量进货，杜绝私拿回扣，树立榜样。一些时鲜水产品，如黄鳝、青虾、活鳜鱼等，为了确保新鲜，我会先到菜场、农贸市场等看“小样”、大小规格。苏州的一些特色水产品，鳝、鱼、虾等都有汛期，不同时段价格不一。故而要谈成一个合理的中间价格，确保每日按时、按量送货到店，利用他们的人手，帮忙划鳝丝，宰杀好活鱼，拆虾仁等零星辅助工作。

另有一些临时鲜货采办，我都交给厨师长去做了，那时饭店的把作师傅都有一双慧眼，早起跑菜场，采办时鲜货，挑选饭店特需的食材等。旧时苏城各大饭店都会争时间比速度，看谁家能最早供应上时令产品，抢占先机，如：春时塘鳢鱼、香椿、春韭，立夏时鳝丝、鲥鱼、蚕豆、抱子虾，秋季大闸蟹、鲃鱼、河鳗、鸡头米，冬令大青菜、青鱼、肥鸭、冬笋，等等，以时令品种吸引食客。

旧时饭店里进货凭的是眼光，看走眼老板是要你吃赔账的，松鹤楼进货曾发生一事，那一日有位大厨生病起不来身，叫他徒弟去菜场采办些鲜活鲫鱼，谁知那徒儿带回一篮鲤鱼，看走了眼，把鲤鱼当成了鲫鱼，那位大厨训斥了徒弟一顿，还得自掏腰包，垫上损失（那时苏城饭店酒家一般不用鲤鱼做菜的）。

在采办食材环节，光看准货品还不够，饭店师傅还得知道食材物品的产地，同样食材不同产地的品质，大相径庭，这是苏州人烹调选材上的讲究。

我在松鹤楼里一干就是10多年，36岁那年调任去市饮服公司工作，管理全市的饭店餐饮、服务业，经历许多工作上的起伏，又做了大量的工作。我46岁时又经历一次工作变动，调到商业局工作，在那里直干到退休。

我的工作虽多有变动，但爱跑菜场的习惯没有变，有烦恼时到老菜场里走上一会，听听菜场里讨价还价的吴语声也倍感亲切，心情放松下来，烦恼不请自走。

我爱逛菜场的习惯，几十年如一日，而且随着年岁增长，兴趣似乎有增无减。我每次外出旅游，不管是城市还是乡村，都要去逛一下当地菜场，了解当地风土人情，多看些地方特色食材，增进知识，有时也会买些食材回来品尝。有一次，我去省内溧阳旅游，放弃游览景点，跑到菜场，购买竹笋、白芹等土特产。有年去四川成都，我特地到菜场采办当地农民自制的腊肉、猪脸、香肠等，回来后正赶上国庆节，我用这些食材做了许多菜肴，全家人美美地吃上了一顿风味大餐。人家都说我出去旅游不是去看景，而是去逛菜场的。有一年在云南、贵州旅游时，我寻觅到许多街巷菜场，有大量农民、山民自产自销的农产品，多种菌类、山货，也有许多野菜、野味，看得心里痒痒，只是不便带回家。回到旅馆，我把看到的各种食材、买菜情景做了笔记，有时还常拿出来看看，自我欣赏、自我取乐呢！

前几年，我还与一位志同道合的人乘坐高铁去安徽古河镇的一个农村集市菜场买菜呢！隔夜我们住在一小客栈里，那日清晨，我们在集市村口，吃了一碗雪菜肉丝面。那是一家农家小面店，门口支着炉灶，现场制作面条，熬着骨头肉汤，用猪油现炒肉丝和雪菜，那碗面汤鲜、面爽，真没想到，偏僻小镇有如此鲜美汤面，我吃了一碗真想再吃一碗，无奈时间来不及了，那边集市已开集了。

集市里，人声鼎沸，食材丰富，我买了一只有滚轮的旅行袋，里边装满了东西，有新鲜黑毛猪猪腿一只、水鸭一只、野兔一只，还有几样银韭、旱芹等特色鲜蔬。乘车回到家时，我已累得气喘吁吁，老婆大人直喊："你买菜买到外省菜场，买得不要命了！"

当下苏州的菜场与时俱进，每年有关部门投入大量钱财，改造升级，确保民生菜篮子工程优先落地，菜场功能多样，既方便百姓生活，又让人吃得健康，吃得安心，菜场里增设小吃、简餐，还有书店、花店、咖啡店等，可谓应有尽有，成了"网红打卡地"。我虽然与此种菜场有着"代沟"，但偶尔走上一走，也感到新鲜，心想生活在当下真好！

正月吃元宵，二月初二吃撑腰糕，三月清明时节食青团，四月十四轧神仙吃神仙糕，五月端午吃粽子，六月食糍团，七月吃豇豆糕，八月吃南瓜团，九月重阳吃重阳糕，十月吃萝卜丝团，十一月吃冬至团，十二月迎新年吃糖年糕。在岁月中等待轮回的味道，那种苏州特有的香甜软糯的味道被人们比喻为『天堂味道』。

苏式糕团

当下苏式糕团越来越受人们的喜爱，不但苏州百姓喜欢，就连外地来苏的游客也喜欢，更有上海、无锡、嘉兴等地的消费者专门驾车来苏州买糕团，一些老苏州还买了糕团邮寄给国外的亲朋好友。苏式糕团如今已走出国门，在东南亚、美国、英国等国家和地区也时有供应，苏式糕团已成为苏州一张独特的城市名片。这是可喜的现象，但知道苏式糕团历史及糕团口味特色等发展过程的人还不多，我特地根据尘封的史料及现时糕团发展状况写下这篇《苏式糕团》以飨读者。

苏式糕团冠绝天下，其制作技艺已被列入非遗保护项目名录。千百年来，经无数大师、名师不断探索、提升，糕团已成为苏州最具地方特色的食品之一。

苏式糕团历史悠久。苏州居三江五湖之处，数千年来盛产稻米，因此以稻米为原料的食品在苏州有着数千年的发展历史，稻米制成的稻粉是苏式糕团的主要原料之一。以米粉制作糕团的技艺始于三千多年前，《周礼》中载："稻米二肉一合以为饵，煎之。"饵者即粉饼。《周礼》又云"糗饵粉糍"，即将大米捣成粉末，做成粉，作干粮。苏州的糕团到唐代已名闻天下，白居易、皮日休等诗人在他们的作品中都提到苏州的"粽子""粔籹"，元代苏州人韩奕在《易牙遗意》中记载了"松糕""生糖糕"等二十多种糕点，清人顾禄《桐桥倚棹录》记"拉糕""扁豆糕""蜜橙糕""米丰糕"等，甚至对到什么节令必吃什么糕团都细说分明。

苏州制作糕团与苏州盛产稻米相关，在苏州近郊草鞋山等地出土的碳化稻谷，经专家测定，距今已有五六千年历史。苏州的稻米品质优且品种多，历史有名的"鸭血糯"等均为吴地所产的名贵品种。苏州人"不时不食"的吃食观念及与农耕社会生活息息相关的节令习俗，使人们按季、按节令吃应时糕团成为一种常态。吴地人从古至今喜食糕团，有人解释这与苏州城市特点有关，也有人认为与苏州人温柔的性格和软糯的吴语相关。

苏式糕团品种多，并随着季节变化更换品种，从南宋《吴郡志》及《平江图》中可以看到，苏州的糕类生产已形成一定的规模，糕店遍及大街小巷。那些盛产糕团的街巷声名远扬，有的地方因糕团名声大，干脆直接用糕团来命名，如雪糕桥（今肖家巷）、豆粉巷（豆粉园）……又据苏州历代志书，较有名的糕团品种有雪糕、花糕、生糖糕、糖松糕、甑儿糕、蜂糕、重阳糕、百果糕、夹馅糕、绿豆糕、海棠糕、上头糕、神仙糕、粉糕、马蹄糕、脂油糕、云片糕、火炙糕、定胜糕、喜糕、年糕、乌米糕、玉带糕等，数不胜数。

清代袁枚《随园食单》记：“软香糕，以苏州都林（亭）桥为第一。其次虎丘糕，西施家为第二。”又记“三层玉带糕”：“以纯糯粉作糕，分作三层，一层粉，一层猪油、白糖，夹好蒸之，蒸熟切开，苏州人法也。”再如《虎丘志》载“虎丘有蓑衣饼，脂油和面一饼数层”，《姑苏志》记“松花饼”的做法，“春夏之交，山人取松花调蜜作饼，颇为佳胜，僧家尤贵之”。《红楼梦》中有枣泥山药糕、栗粉糕、藕粉桂花糖糕等。这些都是苏式糕团中的名品。

苏式糕团历来以用料考究、精工细作、形态丰富、小巧玲珑、美观高雅著称于世。民国期间，仅苏州城内大小糕团店就有六十余家，以黄天源、颜聚福、乐万兴、谢福源、柳德兴最为有名，在行业内流传有“黄颜乐谢夹一柳”“四庭杜，一正梁”之说。这些从清代传承下来的老店，随岁月变迁，大多陆陆续续倒闭，难觅踪迹，幸运的是黄天源还在传承着千百年以来正宗的苏式糕团技艺。

在苏州的糕团行业中，无论从历史、规模、名声哪方面来说，黄天源都称得上一店独大。旧时有人为黄天源编了几句顺口溜：“猪油糕味道好，豇豆糕黑里俏，薄荷糕凉陶陶，定胜糕式样好，条头糕硬翘翘，糖切糕甜得妙，松子糕忒嫌小。”旧时黄天源还按季节变换小吃品种，春有焐熟藕、夏有绿豆汤、秋有糖芋艿、冬有糖油山芋，各有妙处，加上店内还有粢饭糕、蜜糕、双馅团子、鲜肉团子、京冬菜团子、五色汤团等特色品种供应，好多吃客都慕名前来品尝。这些品种用料讲究、制作精细、价廉物美，深受群众欢迎。

一、糕团与吴门风俗

苏式糕团具有鲜明的地方特色，这与苏州风俗有着密切联系。在苏州地方风俗生活中，诸事无一不与“糕团”联系在一起。《苏州府志》载：“正月朔，黎明起，爆竹开门，长幼正衣冠，拜五祀及先祖毕以次拜贺，丸粉食之，古所谓元宵也，啖春糕春饼，是日不烹饪。”“十五为元夕，取粉杂豆作饼入油煎之，以相饷。”

二月初二，年老者喜食煎年糕，谓之撑腰糕，传此日食此糕能治腰痛。清蔡云《撑腰糕》云：“二月二日春正饶，撑腰相劝啖花糕。支持柴火凭身健，莫惜终年筋骨劳。”

三月清明节，苏城家家必备青团，并以青团与焐熟藕祭祀祖先，一直流传至今，清明节前后吃青团成为风俗。

四月初八佛诞，僧尼为浴佛会丛林传戒，“僧家以乌叶染米，作黑饭赠人”。《清嘉录》载：“市肆煮青精饭为糕式，居人买以供佛，名曰‘阿弥饭’，亦名‘乌米糕’。”四月十四为吕纯阳诞辰，阊门下塘街福济寺有“轧神仙”习俗，各糕点店纷纷制“神仙糕”应市，此风至今犹存。

五月五吃粽子，并以粽子作为节物相馈送，或言为祭屈原，又说祭苏城筑城者伍子胥。

《清嘉录》记，六月“初四、十四、念四日，比户祀司灶，谓之‘谢灶’。谚云：‘三番谢灶，胜做一坛清醮。’祀时，以米粉作团”。

七月中元节，食豇豆糕祭鬼神，农家祀田神，以粉团等投田间十字路口，再拜而祀，谓之斋田头。

八月二十四亦煮糯米赤豆祀灶，谓之粢团，以期灶神于腊月二十四上天时在玉帝面前美言，“隐恶扬善”。

九月九食重阳糕，士大夫登山之宴多集虎丘，蔡云《吴歈百绝》云："蒸出枣糕满店香，依然风雨古重阳。"

十一月冬至节为吴人最重，俗称"冬至大如年"，又称"肥冬瘦年"，吴地习俗比户磨粉，以南瓜、萝卜丝、肉、菜、果、豆沙等为馅，分别做成团子曰"冬至团"，以祭祀祖先。冬至前一夕俗称冬至夜，有"有钱吃一夜，无钱冻一夜"之说。冬至至岁末，年节糕团制作达到高潮，处处磨声不绝，家家户户做糕。

腊月糖年糕有形状之别，大径尺而方，俗称方头糕；为元宝形者，曰元宝糕；形狭而长者，俗称条头糕；稍阔者，曰条半糕。有的人家雇糕工到家里磨粉蒸制，有的人家直接到市场上购买。

春节前一二十日，糕肆门市如云，李福《年糕》诗云："珍重题糕字，风光又一年，为储春糗饵，预听磨盘旋。筛细堆檐雪，蒸浮突灶烟。吉祥同粽熟，摩按胜粢坚。甘许糖调蔗，香应稻识莲。尺量圭待琢，寸断线频牵。外倩瓜仁剥，中容枣实填。狭看持石笏，方拟运花砖。品佐酬神馔，盘添压岁钱。"这首糕诗描写了农人磨粉蒸糕的情景，读来亲切。糖年糕与糯粉圆子共煮即为新岁之食，苏州人称吃糕汤圆子，可以高高兴兴、团团圆圆过年，祈盼来年好运。

此外苏州人日常生活中，凡添子、祝寿、乔迁、建屋等，习常都以糕团为礼，"戚友率馈糕团，多至数石，其家受之分送戚友，数日始毕"。数百年来，吴门民间的风俗习惯与苏式糕团结下了不解之缘，蕴含着深厚的饮食文化底蕴。苏州是从农耕社会一路发展起来的城市，先民们的生活起居、习惯都深深影响着吴门风俗，糕团的流行发展佐证了这一点。在吴文化推动下，苏式糕团发展必然会走向成功的顶点。

二、糕团口味特色

苏式糕团历来讲究色、香、味、形。

苏式糕团采用天然植物中的色素上色，不用任何添加剂。《厨志》载：青色的荸头饼是“以青苎头捣和为之”，后又发展出新品种“五色团子”。除本白色外，和以南瓜的黄、青菜的青、玫瑰的红、赤豆的紫，用植物天然颜色呈现绚丽色彩。糕团中常见红、黄、绿、褐、黑、白等颜色。在糕团制作上，用色总的要求是颜色和谐，调配适当。在配色方面，根据所制糕团的不同调配，又需根据节令气候变化调整，以达到绚丽多彩又不失高雅的色彩效果。

苏式糕团的香味以原料本身的香味为主，但得掌握正确的用法，如果使用过多就会“伤本味”。糕团点心热食较少，凉食居多，其香味一般便不能随着热气上升而香飘万里，故在制作时，常将少许香料揉入粉中或加入馅心中，也有直接撒于糕团表面的，方法多样，这样在食用时就有入口透香之感。苏式糕团使用的香料不仅有食用价值，且在色、香、味三者之间互为作用、密切联系。可以说苏式糕团“香中有味，味中有香，香中有色”。

苏式糕团的口味甜咸皆备，以甜为主，甜味中又有重糖和轻糖之分。重糖如桂花重糖年糕、百果蜜糕、猪油年糕等；轻糖有桂花轻糖年糕、马蹄糕、花糕等。有的糕糕皮甜，有的则是将甜味制在馅心中。糕团中的咸味品种也有不少，分为椒盐味、咸味两种。椒盐味以咸甜兼备为特色，如椒盐麻糕、夹糕等；咸味又以咸中带鲜为风味，分别体现在潆粉和馅心之中。另有微甜、微咸特色的糕团和薄荷夹糕。

苏式糕团还有甜而肥腴的口味，如大方糕、赤豆猪油糕，在配料时加入猪板油丁，吃时倍感油润松软。而黄千糕、黄松糕等属甜而爽口的品种，配料中不加油脂，无油腻感。此外，凡甜或咸的糕团品种经油氽后有外脆内糯的特点。总之，糕团的口味是多变的，有时可根据季节做些调整，使口味达到“味不失真”。

苏式糕团追求外形美观，除艺术糕有各种造型外，一般有长、方、圆、菱、三角等多种形状，其中有许多糕团使用木模具制成特别外形，工整、美观，如方糕、斗糕、定胜糕等。其他大多数糕团均由手工捏制成形。苏式糕团系列中，团子亦形态多样，有圆形、长圆形、扁圆形、桃形等多种。一般蒸制成熟的以圆形为多，水煮成熟的以圆、花圆、圆尖为多。团子在成形中均靠人工捏制使其外形完美，团皮均匀、馅心居中、不穿不漏。心灵手巧的苏州人在制作这些糕团时得心应手。苏式糕团制作是苏州人的一门独门绝技。

苏式糕团出售时以块、只计量，个别的品种要现场分切而售。有些糕初出蒸笼时为一整块长方体，有欲零买者，店主当场切之。苏州人对现场切糕的要求高：要切得大小均匀、斤两准足、表面光滑。旧时黄天源的葱猪油咸糕，清晨起门口即有人排队购买。糕点师傅现切出售，切糕也是一门技术，有时切糕不用刀而是用线，如刚出条的年糕就需要用线割开，又如米蜂糕出笼时糕形圆、大，质地松软，也需用线均匀切块后出售。另有一款炒肉馅团子，现做现卖，大师傅在柜台内用熟粉团包入炒肉馅，顶露一口，出售时必加入一匙卤汁提鲜增香。这些现切、现割、现做的售法，倒也让消费者倍感亲切。

三、历史上留存的著名糕团花色品种

糕（六十一种）：咸猪油糕、赤豆甜猪油糕、莲子猪油糕、亮色卷心糕（如意糕）、三色卷心糕（夹沙）、松子黄千糕、蒸松糕、蛋黄松糕（猪油）、刻花方糕、两色松糕（五色）、黄松糕、猪油松糕（绿豆、赤豆）、白松糕、枣松糕、正头小松糕（玫瑰、薄荷、桂花、枣泥、蛋黄）、猪油枣松糕、糖切糕、马蹄糕（豆沙、玫瑰、桂花）、赤豆糕、薄荷糕、条头糕（夹沙、玫瑰、薄荷、桂花）、翠色松子薄荷糕、漱糖糕、漱糖夹糕、桃红夹糕（猪油、枣松）、猪油定胜糕（玫瑰、薄荷、桂花、枣泥、蛋黄、可可）、猪油大方糕（玫瑰、薄荷、桂花、芝麻、百果、松子、桃仁、瓜仁、白糖、蛋黄）、小方糕（玫瑰、薄荷、芝麻、白糖、豆沙、蛋黄）、鲜肉火腿方糕（奶油）、莲子大方糕、豇豆糕、乌米糕、重阳糕、雪糕、斗糕、花糕（两色）、粢饭糕、五色神仙糕、开洋鲜肉大方糕（鲜肉、虾仁）、葱油蛋糕、净素松子麻糕（桃仁、薄荷、莲子、豆沙）、素定胜糕（蛋黄、薄荷、白糖、咖啡）、素油咸糕（甜糕）、猪油麻糕（松子、薄荷、夹沙、桃仁、瓜仁、莲子、蛋黄、椒盐）、长方麻糕、荤油麻条糕（夹沙、豆沙、桃仁）、油氽条头糕、芝麻油氽糕、九层糕、咖啡百果夹心糕、蜜糕（玫瑰、百果、桂花）、小元松糕（玫瑰、薄荷、桂花、蛋黄、芝麻）、松糕（玫瑰、薄荷、豆沙、枣泥）、五色猪油大麻糕（小）、鲜肉咸糕、水蜜糕（薄荷、桂花）、虾仁嘉兴糕（火腿、豆沙、猪油、虾蟹肉三鲜）、虾蟹肉三鲜方糕、夹糕（玫瑰、蛋黄、枣泥、桂花）、白糖年糕（黄糖）、大猪油年糕（玫瑰、薄荷）。

上述记六十一种糕团，如把括号中变化品种加入其内，则有近两百种之多。块形上有长、方、圆等多种；口味上有甜、咸、鲜、薄

荷、桂花等多种，另有奶油、咖啡、蟹肉等多种特殊风味。苏式糕团无论从品种上、块形上、口味上，都做到变化无穷、制作精良、色泽瑰丽，名闻天下。

团（二十三种）：猪油青团（豆沙、枣泥、玫瑰、百果、芝麻）、豆沙团、芝麻团、麻酥团、松花团、鲜肉粢毛团、三丁团、青菜团、南瓜团（猪油、豆沙、玫瑰）、京冬菜团、炒肉馅团、双馅团、鲜肉团、荤油印团（桃仁、芝麻、百果、玫瑰）、蛋黄虾肉印团、黄糖桃团（玫瑰）、猪油夹沙蛋黄团、玫瑰猪油粢毛团（豆沙）、油汆鲜肉团、扁团（玫瑰、虾肉）、油水鲜肉团、团子（豆沙、玫瑰、水晶）、汤团（五色、桂花、虾肉）。

上述团子品种有二十三种，如算上括号中变化品种则超过五十种。口味上甜、咸均有，尤其是玫瑰系列、桂花系列等很具特色，这是因为苏州地产花果多，用它们制成的馅心具有浓厚的地域特色。团子有多种烹制方法，如蒸、煎、落汤等。另有模板中做造型印制，有冷熟皮现制等，手法多样，吸引力十足。

还有些与糕团相关联的小吃品种深受百姓喜爱，如粽子，品种有豆沙猪油粽、火腿粽、鲜肉粽、灰汤粽、白水粽、小脚粽、赤豆粽、红枣粽、栗子粽等，还有八宝饭、梅花糕、海棠糕、藕粉圆子、酒酿圆子等，数不胜数。在糕团品种中还有一类艺术糕团，深受船点影响，注重造型、色泽亮丽，具有立体效果，一般根据“好口彩”取名。做成相应造型作贺喜、祝福、祝寿之用，也深受消费者喜爱。一般底座为一大盒松糕，糕面上制如龙凤呈祥、松鹤同春、福禄寿喜、凤穿牡丹、麻姑献寿、同心永爱等造型。正因如此，业内另有一称为“花草结顶”的艺术糕团。有诗云:“谷成精品香,吴门独一枝。”

千百年以来,苏式糕团一路走来,确非易事,那香甜软松的口感,“高高兴兴、团团圆圆”的寓意一直深受百姓喜爱,苏式糕团至今仍保留着传统手工制作技艺。正因有着悠久的历史与文化,此制作技艺已被列入非遗保护项目名录。文中提到的令人眼花缭乱的糕团品种已大部分被保留下来,经常在市场上供应。更可喜的是许多散落在民间街巷、村镇、居民家中的家常糕团也被发掘出来,如雪饺、踏脚团、草头团、咸菜团等,不断补充着百姓的餐桌,丰富市场的供应。随着社会的发展,人们对吃食有了新的认识,苏州的糕团也必须在传承创新上下功夫。现时糕团制作从过去的重糖、重油、重咸改变成轻糖、少油、微咸,块形也在减小,形态多变。有些糕团的质地向西饼发展,包装简洁明快,富有民族色彩,适应多层次需求。黄天源等大型糕团店开设工厂,在传承手工制作的基础上集中生产。为了确保糕团的高质量,专门到农村划地种植稻谷、果蔬,生产优质食材,用大批放心食材制作出放心糕团,从而经营形势一片大好。近年来,苏州街头巷尾出现了不少以手工制作为主、前店后坊式的小型糕团店,出售的糕团制作精良,品种新颖,深得消费者的青睐。苏州人对糕团吃食至今仍保持着“与时令同步,与风俗相连”的吃法——正月吃元宵,二月初二吃撑腰糕,三月清明时节食青团,四月十四轧神仙吃神仙糕,五月端午吃粽子,六月食糍团,七月吃豇豆糕,八月吃南瓜团,九月重阳吃重阳糕,十月吃萝卜丝团,十一月吃冬至团,十二月迎新年吃糖年糕。在岁月中等待轮回的味道,那种苏州特有的香甜软糯的味道被人们比喻为“天堂味道”。

大多老派苏州人历来重视冬宴，并恪守冬令进补的习俗。冬季，是一年中最后的季节，似乎在吃食上也要有一个圆满的结束，才好企盼来年的兴旺！

苏州人的餐桌

不久前，我去天平山脚下的半庭嘉宴吃了一顿冬宴。大多老派苏州人历来重视冬宴，并恪守冬令进补的习俗。冬季，是一年中最后的季节，似乎在吃食上也要有一个圆满的结束，才好企盼来年的兴旺！

这次冬宴由新梅华旗下的半庭嘉宴主办，邀请了一批当今饮食界大咖、书画界名人，还有一些著名作家。我混在其中，只能充当"大合唱"里的一名队员罢了。但在吃食上，我吃得专心，还颇有一些心得体会。

那次制作冬宴的大厨们尽心尽力，菜品设计新潮，用料上乘，烹调有度。我的吃食心被打动了，就像著名作家陆文夫先生曾说过："在苏州有些吃食吃了不能忘，也不能忘……"

平心而论，这次冬宴是我近几年以来吃到的有滋味，又具影响力的宴席之一了！我留了个心眼，带回一张冬宴菜单，慢慢回味其中的苏州味道。菜单格式一改过去“老三步”（冷菜、热炒、点心）的顺序，而是采用文艺节目的格调依次推进，步步深入，并穿插一些创新时令菜点，真有一种不落俗套的全新吃食体验。

一、浅唱

最先上桌的餐前小食共有四品：白糖杨梅干、青梅果子、太湖白虾干及香炸慈姑片。这些小食在开席前就放在食客面前作为零食开胃，行业内也称作“手碟”，可随意品之。白糖杨梅干甜中透着点清酸，色泽红润；青梅果子，酸爽中带着甜味，色泽青翠；太湖白虾干咸鲜适口，色泽白里透玉；香炸慈姑片脆松回甘，色泽金黄。这四味小食看似简单，却是一年四季色泽的轮回：春时桃红，夏日荷青，秋分银杏金黄，冬季雪花晶白。这四色养眼、开胃，厨师将这种天然美味、四季色彩尽显餐桌，也为这席冬宴拉开了帷幕。

二、初见

以初见为题的是“冷食汇”，以冷拼见真功夫。调节口味的菜品有：萝卜丝石榴包，选用本地太湖萝卜切丝、调味，用糯米纸包成石榴状，入口爽脆清甜，极显太湖萝卜本味，满口苏州味道。

烟熏青鱼段，本道菜品为苏州传统熏青鱼，以段上桌，鱼段下面垫衬着碧绿香葱，清香扑鼻。青鱼肉质肥美，配以烟熏手法，把鱼鲜与烟熏味推向极致，实乃佐酒佳肴也。

东山白切羊肉，选用城郊古镇东山地区放养的湖羊，采用古法木桶铁锅烧制的方法制作。成品羊肉质地酥烂，鲜美无比，打片切好后，放置在一张旧荷叶上，装盆上桌。在苏州，冬季吃食羊肉为旧俗，有补气、养血、驱寒、暖身等功效。

上述三样冷食汇在一只瓷盆内，分派给每一位食客，菜精餐具细，给人一种优雅美感。三味相配，鲜味四溢！

三、渐入

这款菜品似中似西，完美结合。采用当季新鲜现拆蟹肉搭配酸黄瓜、小洋葱碎、沙拉酱，加入新鲜柠檬汁等混合均匀，做成圆形，并在顶端铺满鱼子酱。此菜名为鱼子酱蟹肉色拉，在味觉上清香、酸甜、肥腴，给食客以至尊享受且营养价值丰富。食客吃后个个称好，味美意深，此乃半庭嘉宴首创。

四、迎客

在苏州，每场宴席都以虾仁为头菜，意为欢迎（吴语）。今日的热炒头菜，略有变动，为清溜凤尾虾玉。新鲜虾仁洁白，留有虾尾艳红，这盆凤尾虾仁顶部散落着几颗碧绿的白果仁，在红、绿、白三色闪耀的同时启开虾玉鲜味。白果清香，地道的苏味，数量虽少，点到为止，老苏州人常说：好吃的菜只需“尝尝味道”，少吃多滋味！

五、尚汇

吴地素有吃食黄鱼习俗，每年五月端午几乎家家户户争吃黄鱼，有红烧、清蒸、做汤菜等，各家不同。此冬宴中的酿蒸火片黄鱼，

采用酿蒸手法，配以酒酿去腥、增香，加入火腿片增鲜，又有猪油丁增肥，真把这条鱼“黄袍加身”了

在呈现方式上，以鱼段为单位，分派给每一位食客。不用多说，此菜味道堪称顶流，印证了一句话：“吴人善治鱼，吴人善食鱼。”

六、冬韵

冬韵主题的菜是古法蜜汁火方。

此菜来源于“桐桥倚棹录”中的“蜜火腿”。吃食此菜时有“隔户至香”之说，半庭嘉宴的大厨采用上好金华火腿中的“上腰峰”，只取一块。火方肉面方正，多次蒸制拔咸，成形后色泽呈琥珀色，汁甜如蜜，底中配有莲子及菠萝片，味形兼备。这火方制作技艺取自苏州，成于苏州。美国前国务卿基辛格在苏州考察时吃过此菜后，大为赞赏，并把此菜介绍到了美国，国际上称此菜为“基辛格火方”。

七、意深

到了意深阶段，似乎整个冬宴也进入核心环节。大厨在这个节骨眼上给出一道菜：松露干贝菜心。苏州冬季矮脚青菜经霜打后，天然微甜、鲜洁。取用大青菜菜心，加入干贝丝、松露，又加持鸡油、鸡汁。此菜制作精细，造型美观，是当令珍品，真有意深之味。俗话说：“苏州四季不断菜。”为吃这株菜，有人称连北上广的户口都不要，坚持要回到故乡苏州。可见苏州青菜的吸引力真大！

八、赏味

冬宴品鉴吃食到赏味的时候，推出的这道菜为状元及第三秃，我认为是极品中的极品。三秃（吴语）是采用蟹黄、蟹膏、鲃鱼鱼肝三样炒出的极品菜肴。秋冬时节，大闸蟹、鲃鱼都是吴地时令食材，又是一季一品的时鲜珍品。此菜为吴地菜中的尊品，珍贵的食材，简洁烹调，天然的本味，独一无二。

九、暖心

暖心菜肴必须又热又鲜，这款菜名为东乡圆盅蒸菜。此菜源自常熟东乡，那里民间流行吃蒸菜。江南水乡把笋丝、蛋丝、火腿丝、鸡丝，丝丝分明地按放在肉皮丝与白菜丝为底的圆盅上，加入鸡汤等，上笼蒸之。此菜汤清味美，原汁原味，已流传百年，现今吃上也倍感暖心。

十、雅点

冬宴中的点心不同寻常，因制作精良、造型灵巧，称作“雅点”。推给食客的雅点有两款：一是白鱼松蟹壳黄，形如蟹壳，烘焙讲究色泽金黄，口感香脆中带着鱼鲜，味不可挡，是一款不可多得的佳点；二是园林金钱方糕，苏式金钱方糕最能代表苏州糕团的特色，精致灵动，薄如蝉翼的面皮裹着微红的玫瑰馅，乍一观还能看到里面滚动的酿芯。面皮上印有不同精美的园林元素，如小桥、湖石、窗花等，让人还没下口就顿生喜爱之感。

十一、主食

在苏州宴席中，最后主食总是以汤面为主，又以一碗考究的苏式宽汤轻面为特色。冬宴中的主食汤面不同寻常，为鳗鱼苏式汤面。此鱼面为清代袁枚常吃的面条，在《随园食单》中有记载：鳗鱼肉熟后和入粉中制成面条，加入高汤成品。今日吃到的鳗鱼面为另一个版本，把鳗鱼分成段，浸渍，经油锅炸熟，入卤汁中微烹成鱼浇，用“过桥”（放入小盆）的方法供给食客。这碗面汤色透明，鳗鱼浇头吸满酱汁，肉质鲜美，口感依然无敌。我细看四周食客，个个把这碗面吃个精光，有的甚至连面汤都喝完了。

十二、甜润

按照宴席规则，最后的甜品称为“封口”，即冬宴到了结束的时候，但还得留住一口甜，把幸福感拉满。

那款甜品为南荡鸡头米奶酪，中西合璧。苏州鸡头米为点缀——鸡头米为水乡特产，粒粒浑圆饱满，象牙色泽，鲜品清香，入口软糯，嚼后丝甜，奶酪味浓郁，清凉爽滑。这两种食材搭配，给食客带来无限的甜蜜滋味，也为这冬宴雅集画上圆满句号。

半庭嘉宴冬宴品鉴结束时，主办方请各地来的食客提提意见，不料发言踊跃，大家你一句我一句夸奖冬宴成功。我听后归纳出三条：

一是此宴菜肴出品新颖，使用当季、当令的苏州特色食材，烹饪技艺高超，苏州味道出彩；

二是整席宴品没有一种菜品重复，菜肴道道精细味美，尤其蟹肉色拉、三秃、黄鱼、菜心、白鱼松蟹壳黄、鸡头米奶酪等更受人称赞；

三是半庭嘉宴的宴会厅堂装修简朴而又典雅，环境舒适又温馨，让人感受到苏州饮食文化深厚的内涵。

最后有人要我说几句话，我原想混在人堆里做一名合唱队员到底了，现又要出来去“领唱”了。恭敬不如从命，我说这次冬宴品鉴活动十分成功，开创了“食如观画”的餐饮境界，既宣传了苏帮菜，又交流了烹饪技术，超越了果腹之需，成了文化载体，这就是苏州人的餐桌。

附：半庭嘉宴——冬宴菜单

浅唱：白糖杨梅干、青梅果干、太湖白虾干、香炸慈姑片

初见：萝卜丝石榴包、烟熏青鱼段、东山白切羊肉

渐入：鱼了蟹肉沙拉

迎宾：清溜凤尾虾玉

尚汇：酿蒸火片黄鱼

冬韵：古法蜜汁火方

意深：松露干贝菜心

赏味：状元及第三秃

暖心：东乡圆盅蒸菜

雅点：白鱼松蟹壳黄

园林金钱方糕

主食：鳗鱼苏式汤面

甜润：南荡鸡头米奶酪

时果：鲜果石榴、无花果拼

懸車迴望

因为这家有着三十年历史的茶酒楼，凭借陆文夫传播的饮食文化及与苏州人饮食生活的情感联系，早已走入寻常百姓生活，人们把这家店看得如同自己家一样重要。在餐饮界，这家店已成为苏帮菜传承创新的发源地。

老苏州茶酒楼

时间的节点来到2024年8月8日，苏州“老苏州茶酒楼”复业开门了！这家由著名作家、美食家陆文夫先生一手创办的老苏州茶酒楼，因故停业三年，今又隆重登场了。虽说是一家饭店复业，但对苏州餐饮界来说，是一件非比寻常的大事。

因为这家有着三十年历史的茶酒楼，凭借陆文夫传播的饮食文化及与苏州人饮食生活的情感联系，早已走入寻常百姓生活，人们把这家店看得如同自己家一样重要。在餐饮界，这家店已成为苏帮菜传承创新的发源地。

其实早在2003年，陆文夫爱女、老苏州茶酒楼总经理陆锦英年早逝，陆文夫受到极大打击，心灰意冷，只过了两年也郁郁去世了，茶酒楼以承包方式转租给他人经营。值得庆贺的是，这家店仍专心致志地做着陆文夫先生留下的全套苏帮菜，只是因不可抗力因素停业了。

我与陆文夫先生有过多次交往，由于工作关系成为忘年交。在筹建老苏州茶酒楼时，我提出不少建议，也出过力；在他女儿陆锦管理经营茶酒楼时，为了提升菜肴品质，我们多次合议菜肴整改方案。我在当烹饪协会会长时，还在那里召开过多次菜肴评审活动。我与店里毕建民等厨师都是同道好友，常聚在一起谈论苏帮菜的发展。

我对老苏州茶酒楼有着难以割舍的情结。1995年8月8日，三十年前的今天，老苏州茶酒楼开业，我作为嘉宾出席开店仪式的情景还历历在目。餐饮界前辈著名"四家一根"作为顾问在老苏州茶酒楼里生龙活虎工作的情景，还有许多清晰的记忆，每天生意兴隆的场面至今难忘。无奈，人生无常，斯人已去，情难断。有时我走过大门紧闭的老苏州茶酒楼，总难掩痛郁的心情。在苏州餐饮业，每天都有人在开店，每天有人在关店，大浪淘沙，市场无情，但老苏州茶酒楼代表的是苏州餐饮业的脸面，也是苏州饮食文化的名片，更是老苏州人的吃食情结所在地。陆文夫先生在青石弄里创办《苏州杂志》，誉满江南，取得圆满成功后说道："要建一家饭店，取名'老苏州茶酒楼'，是一本'可吃的苏州杂志'，两本杂志互为补充，共同发展苏州的城市文化记忆。"他所写的《美食家》等图书把苏帮菜推向全国，推向了世界。

陆文夫先生所说的老苏州茶酒楼成功开业，把苏州饮食推向了一个文化高地；它关门歇业，总让餐饮人情理难安呀！时过不久，传来了好消息，老苏州茶酒楼要重整旗鼓开业了。市有关产权部门经多次协商、评审，把老苏州茶酒楼的经营权交给了苏州新梅华餐饮管理有限公司。这家餐饮公司是苏州著名餐饮品牌企业，旗下有多个品牌，如新梅华、江南雅厨、半庭嘉宴、姑苏食景图等，近40家门店，多家门店在“金梧桐”“黑珍珠”等著名餐饮全国榜单上有名号，可称“声誉卓著”。公司董事长单正女士是一位善经营、懂管理的餐饮先锋人物，总经理兼主厨金洪男是一位烹坛高手、当红“厨星”、中国烹饪大师，又是苏帮菜制作技艺非遗传承代表人物。我与金洪男还有另一层关系，他是我的徒弟。那天他打电话给我说：“有关部门把老苏州茶酒楼重新开业的任务交给我们了，我真喜出望外，激动了好一阵子。”事后我见到金洪男说道：“咱们一定要把老苏州茶酒楼办好，按照陆文夫先生创办时的宗旨‘开好一家，供应正宗苏州菜的饭店，造福百姓，弘扬苏州的饮食文化’。”

经过半年多精心装修，一家全新的、带着苏韵元素的老苏州茶酒楼出现在世人面前。店面、字号、门窗仍按旧样，材质换新。一楼大厅、二楼包间、三楼厨房，店虽不大，但充满饮食文化气息。迎着大门的一楼，那副由陆文夫编著的对联仍赫然在目：“天涯来客茶与酒，一见如故酒当茶。”陆老亲写的广告语“小店一爿，呒啥花头：无豪华装修，有姑苏风情；无高级桌椅，有文化氛围”用霓虹灯围着，安放在户外北墙面上。该店二楼有五间小包间，让人欢喜的是二楼最东面那间“三面厅”，“三面厅”三面落地排窗，明窗净几，有一大桌可坐十几人，窗外绿树碧水，小桥游船，朝南一面直观十全街街景。餐厅内还装挂苏州名人字画及小品文玩，走廊多处存放着陆文夫《美食家》等书，以及多年出版的《苏州杂志》等与苏州相关的文化书籍，可随时翻阅。楼道上挂着陆文夫的相片及手写老菜单等。在这里，书本、菜点、字画、文玩互为一体，融合成苏州特有的餐饮文化气息。

在筹建重新装修老苏州茶酒楼期间，我把多年留存的相关菜单资料送给了金洪男，尤其是当时红极一时的店中供应的“十大名菜”及名点。我们在木渎“山地人家”请当时老苏州茶酒楼的厨师长毕建民重新出山，做了一次十大名菜交流活动，受到很大启发，又合议畅谈老苏州茶酒楼菜点新的发展方向。重新复业的菜点应该有新的起点，加上新梅华近几年积累下来的做菜点经验，明确了重新开业后菜肴名点制作思路：“传统要保持，时新要加入，苏味要明显，服务要入心。”新梅华老苏州茶酒楼配备了一支优秀的厨艺、服务团队，就这样开业了！

回到复业开门当天，2024年8月8日，选择这天复业是因为三十年前也是8月8日，陆文夫的老苏州茶酒楼正式开业，作为纪念日，这一天复业意义非凡。我作为嘉宾出席了两次开业典礼，三十年前我作为嘉宾在店门口看着鞭炮锣鼓齐鸣，一家备受人们注目的老苏州茶酒楼开业了；三十年后的今天，我作为特邀嘉宾又参加了老苏州茶酒楼的重新开业典礼。我跟这家店真有缘，只是今非昔比，人马更换，不变的是老苏州茶酒楼的字号。复业绝非简单的“重开大门”，而是一场跨越时空的文化对话，让传统饮食文化活起来，把具有独特风味的苏帮菜推广发扬开来！

开业那天，我参加剪彩仪式，当我用金黄色的剪刀剪开那条彩带时，欢呼声掌声四起。我抬起头望着天，心里却在默默地告慰：

"陆文夫先生，您所创办的老苏州茶酒楼后继有人了，古老的吴地文化、苏式味道定能在这辈年轻人的手中获得新生，发扬光大！"

老苏州茶酒楼重新开业的消息，通过各大媒体报道引起轰动，食客纷至沓来。以金洪男为核心的厨师团队推出以"陆文夫生活一天"为主线的经营理念，每天早上供应苏式早茶，中晚两市供应苏帮菜点，晚间供应夜宵。开业后好评如潮，顾客盈门，一桌难求。加上那一时段整修一新的十全街修缮结束，街景焕然一新，宽阔平整的人行道，让人们走在上面感觉舒适，步态轻盈。沿街门面商户整修一新，晚上华灯初放，街景尤美。河里花船慢慢游移，商家灯光倒映在河道里，五光十色，游人流连忘返。此时，老苏州茶酒楼如同书画中的街景，静静地处在十全街南林桥堍边。

老苏州茶酒楼三十年的历程是一个饮食文化品牌的成长史，更是一部用舌尖书写的苏州故事。

附：老苏州茶酒楼传统十大名菜、名点

冷菜：醉鸡、卤鸭、虾子鲞鱼、四宝辣酱、熏青鱼、水晶肴肉、油爆河虾、福珍酒菜、美味羊羔、苏式爆鳝

热菜：碧螺大玉、松鼠鳜鱼、响油鳝糊、糟溜塘片、蜜汁火方、蟹粉豆腐、黄焖河鳗、什锦菜心、美味酱方、金银汤蹄

点心：眉毛油酥、加虾烧卖、金钱方糕、苏式汤包、蟹粉小笼荠菜春卷、桂花鸡头米、糖藕粉饺、枣泥拉糕、四喜蒸饺

人们常说吃食的艺术来源于生活，这碗小小的泡泡馄饨真是苏州人精致生活的写照。

吃食经

一、油条

我打小就喜欢吃油条，金黄色的油条口感松脆、油香扑鼻，长圆的形态总让人欢喜。

当下很难品尝到旧时的油条口味，有些快餐店出售的油条短而小，口感如面包，软塌塌的，像吃面坨，如何能纳入我的“食界”？路边小摊的油条，被媒体揭露其含有“肥皂粉”，且是用地沟油汆的，令人厌恶。现在老苏州人想吃到好的油条真犯难。想起我小时候晨起，随便奔往巷口或巷尾，那里均有店铺供应油条，买了油条，用稻草串起来，高高兴兴奔回家。有时还买上几块大饼，用大饼夹着油条吃；用油条蘸着酱油，配着泡粥吃也别具风味；还可以用油条蘸着腐乳吃呢。那时的油条吃在嘴里松脆香酥，越嚼越香，越嚼越想吃，真有一种欲罢不能的感觉。

在苏州，用油条夹上咸猪油糕吃，那算旧式标配点心了，也是苏州特有的一种吃法，其口味特点在于油条香脆、猪油糕软糯，两者同吃，让人享受。这种吃法直至现在我仍旧十分中意，有时将油条、猪油糕配在一起吃，还真能吃出点旧时记忆。一种吃食能吃出美味，勾起回忆，足见其魅力。

油条吃法中，另有一种是与豆浆配吃，这也是一种经典吃法。油条吸收豆浆味道，在滚烫的豆浆中变得酥烂绵软，十分好下肚。用油条做菜也较为流行，油条丝瓜、油条塞肉均是佳品。在家庭生活中，在酱油汤中加几段油条，保管此汤似荤汤一样好喝。

有位食友告诉我，近期苏城还有几家大饼油条店可以去吃吃。这些店大多隐没在菜场、小区里，油条做法老道、入口松脆。我依他们指点找到一家小店，买了几根油条，当场吃了一根，果然不错，有点过去的味道。在吃油条方面我有自己的一套“法则”：油条必须趁热吃，但刚出锅的油条不能拿，须耐心等凉一点；吃油条时要把油条整根拿在手上咬着吃，切不能分成两半，不然脆度减弱，油香气减少；油条顶端及尾端结子最好弃之不食，原因是店家制作油条时会加入少量明矾或膨化剂，油条在油锅内炸熟时，这些添加剂在两端聚集最多。或许不吃两端结子就少吃了些添加剂不过是心理作用，但在氽油条时，制作者大多用双手指甲掐着两端下油锅，难免有不洁之物留在两端。当然，这或许是我多虑了，反正我吃油条一直是按自己的想法吃的。

这样的方法是否能让你放心地去吃油条？

二、泡泡馄饨

在苏州的小食中，有一款名不见经传的经典小吃——泡泡馄饨。此馄饨小而精，起泡成形，小如金橘。泡泡馄饨没有过年时吃的元宵扎实，不似苏式汤包娇惯，那包裹在细薄皮子里的一小点红红的鲜肉，点到为止。按我的阅历、见解，世上所有的美好都是微露一点最佳，这样可给人们带来无限想象与一丝惊喜。

那碗泡泡馄饨只是一种附带吃食。食客爱点上一客生煎馒头，再配上一碗泡泡馄饨，一干一湿，吃得乐胃。有时用泡泡馄饨和小笼馒头配着吃——这也许是苏州人的吃法。而生煎馒头与泡泡馄饨配着吃，也许是老祖宗传下的"标配"吃法了，此法更能品出苏州传统的美食风味特色。当然，也有单点一碗泡泡馄饨的，就像我这样身单力薄的人吃得少，这种吃法多数是尝尝鲜味，过过瘾。

一日，我又赶去一家苏州小食名店，单点一碗泡泡馄饨。那碗小馄饨上桌时，我眼前一亮：清澈的高汤、金黄的蛋皮丝、洁白的馄饨，汤上漂着翠绿蒜叶、隐隐可见的墨黑紫菜，还有点榨菜末，沉在碗底的是微红的虾皮，泡泡馄饨如朵朵小型的玉兰花盛开在碗中。碗口虽小，所容食物却众多，我先呷上一口汤，真是鲜味无敌，没有比此汤更鲜的了，接着一口一个泡泡馄饨，吃得"心安理得"。那泡泡馄饨未下锅时外形似艺术品，似泡，似皮团，下锅煮熟后吃在口中皮薄爽滑，肉馅鲜美，不用太多咬嚼，就顺着咽喉纷纷下肚，"美不胜收"。最令人感叹的是这一个个泡泡馄饨的制作过程尤为精彩，那是全手工的作品，得练上多年才能达到熟练的技艺：在手心摊着皮子，一手蘸一点肉酱，点入手心中皮子中央，同时手指合拢，掌中留下一空间，眼疾手快，大拇指和手掌配合，一抓一个泡泡馄饨。此动作美如音乐家指尖跳跃的音符。

人们常说吃食的艺术来源于生活，这碗小小的泡泡馄饨真是苏州人精致生活的写照。

三、绿豆汤

生活在吴地，盛夏三伏天，冰冻绿豆汤是非吃不可的。苏州人认为清凉的绿豆汤解渴、解毒、利尿、消暑，营养丰富，不是神汤，赛似神汤。

时下各式各样的绿豆汤应有尽有，可你是否吃过旧时标配的绿豆汤？有一日，我与几位沪上友人驱车前往古镇震泽考察旅游项目。古镇宝塔街傍依塘河，河水清澈，河上游船浮行。街的东头有高大的禹迹桥，桥塊慈云寺里宝塔高耸。这条古街商店众多，除了古玩店、菜馆，在街西头，还有家供应冰冻绿豆汤的震泽老店。那店大门朝南敞开着，跨入门槛是店堂。我们坐下后每人要了一碗绿豆汤。盛夏季节，我们走得汗淋淋的，吃上一口绿豆汤，心定气顺，安下心来。

此绿豆汤保持古镇旧时的味道，也可说保持着那里先人定下的配方，其中有红绿丝、小蜜枣、冬瓜糖、糖莲心、绿豆、糯米饭、薏米、葡萄干等，把上述需要加工的食材分别煮熟，加入少许白糖及几滴薄荷精，冰镇后即成。此绿豆汤，我为之拍手称好。这些食材在我看来多一样不行，少一样缺味，真乃是标准配方。在盛夏喝上此绿豆汤，清爽淡雅，吃在口中，果仁颗粒及米粒在口腔中碰撞，又溢出其他食材的味道，混合在一起，在甜味催动下，凉意四起，沁人心脾。最放不下的是那丝丝清凉，清新脱俗的口感，使人心静自然凉，让人难以忘怀。

绿豆汤制作看似简单，也没有特别的技巧，但收集、准备这些食材不是件容易的事，绿豆好坏直接影响到绿豆汤的质量高低，糯米饭的多少得掌握分寸，红绿丝的多少关系汤中色彩，缺一不可，且烧煮得有耐心。食客吃时也得细嚼慢品，感受那又甜又凉的感觉，吃其真味。在吴地，绿豆汤不作为点心来吃，而像零食一样，一般以下午吃为佳。吴地人家，在夏季家家自制绿豆汤度夏，而且家家均有自己制作绿豆汤的配方，但其中绿豆、糯米、冬瓜糖这几件是铁定有的，其他的就随意了。吴地人家的精致生活可见一斑，这也是对生活的一种态度。现时绿豆汤已登上"大雅之堂"了，在盛夏不少宴请中，绿豆汤作为甜品出场，深受食客欢迎。

一碗绿豆汤是吴人对夏季的告白。

人们常说：『苏州人的生活是从清晨一碗面开始的。』老派的苏州人定会起个早赶去面馆吃上一碗『头汤面』一天才感舒服。

苏州一碗面

人们常说：“苏州人的生活是从清晨一碗面开始的。”老派的苏州人定会起个早赶去面馆吃上一碗“头汤面”一天才感舒服。

一

苏州是一个从农耕社会一路走来的城市，得天独厚的地理环境，气候温润，水资源充沛，造就出江南著名的“鱼米之乡”。故而种植业十分发达，尤其是水稻种植，已有六千多年的悠久历史。“苏湖熟，天下足”就是对以苏州为核心的江南地区种植农业的赞誉，也是苏州在历朝历代做出的贡献。

苏州盛产优质大米，先民们在生活吃食上都以“饭稻羹鱼”为主。但是随着种植业发展，小麦兴起，面食广泛使用，苏州吃食生活逐步以米饭为主、面食为辅的生活方式，面食中尤以面条为主。根据相关历史资料记载，4000多年前，小麦由西亚传入中国，原在我国中原等地区种植，后从山东等地区过长江在江南地区种植起来。小麦广泛种植，江南苏州地区从过去一年种植一季水稻为主，改为一季水稻、一季小麦，沿用至今，小麦成熟后，经打磨后成为面粉，被制成各式各样面点，其中面条成了人们生活中的另一种主食。

苏州面食兴起是由于门户开放，引进小麦优质品种，经多次改良后，成为苏州特有小麦品种。历史上大运河开发，促进了南北种植业的交流。另有一个原因，在宋代，宋室南渡，把中原地区的优良种麦技术带到了江南，在一定程度上推动了苏州种麦生产力的发展。苏州地区常年风调雨顺，备有良田万顷，小麦种植飞速发展，面粉加工技艺提升，大批优质面食、面条孕育而生。

苏州面条的形成时间，在历史上没有明确定向在哪朝哪代，但通过饮食资料，还能找到一些蛛丝马迹！

《中国面点史》中指出：唐代以前，面条还没有正式称呼，直至在唐朝市肆中，面条逐步有名称，为“煮饼”“汤饼”“索面”“线面”，还有“馎饦”等不同叫法。宋代时，面条品种多样，逐渐有了统一称呼——“面条”，但有时还称“面饼”“索面”等。

在相关饮食史料中，能找到江南苏州地区面条的文字记载，有代表性如南宋“笋泼面”（吴自牧《梦粱录》）、元代“冷卤面”（倪瓒《云林堂饮食制度集》）、明代“蟹面”（宋诩《宋氏养生部》）、清代“鳗面”（袁枚《随园食单》），书中对面条制作、口味都有较详的细记载。这些面条品种不仅是那个时代的代表，更是一种风味的留存。

苏州面条自成一体，原地取材，制作精细，风味尤胜一筹，被称为苏式面。明代《吴门补乘》载：“苏城面肆，银丝细面，汤清可鉴。”道出苏式面独特的面食美学及文雅气质，清代袁枚在《随园食单》载：“苏州面汤清而不薄，鲜而不浊。”纵观面条发展历史，苏式面萌于汉唐，成于元宋，盛于明清，这是苏式面的基本发展脉络。唐代诗人白居易任苏州刺史时，诗中写道：“粽香筒竹嫩，炙脆子鹅鲜。”侧面反映苏州饮食的精致化，宋代《吴郡志》记：吴人善治食品，精巧冠天下，为苏州面的发展打下基础。明清时期，苏州成为全国经济中心，市井文化繁荣，面业兴旺，面馆遍布街巷，又建立面业公会，进一步推动了苏式面的发展。

一方水土养育一方人，在江南苏州这片富饶大地上，四时八节的丰富食材奠定了苏州人独特的味觉及生活中对吃食的情趣。自古以来，粉墙黛瓦、小桥流水、文人雅士、吟诗作画、自在惬意、绿水青山、园林古宅，赏景之余，总少不了一碗苏式面的陪伴，苏式面与人相伴，与生活相连，又与四季对应。苏州人出生后要吃“剃头面”，出生时吃“长寿面”，另有“冬至馄饨、夏至面”之说等，不同的节俗都有一碗让人心动的面条。

苏州四季面条有代表性的具体有：

春季“尝鲜”：笋油面、香椿爆鱼面、虾仁面、蕈油面、焖肉面

夏季“爽食”：枫镇大肉面、鳝糊面、三虾面、素面、卤鸭面

秋季“品味”：蟹粉面、炒肉面、鲃鱼面、秃黄油面、虾腰面

冬季“滋补”：羊肉面、冻鸡面、葱油蹄髈面、猪肝面、虾丝两面黄

除这些四季特色面条外，一年中各种面条品种多达几十种，上

百种轮流供应。

二

苏式面制作技艺师法古人，传承有序，食材四季更迭，浇头注重节令，吃法多样。苏式面具体形态、制作技艺、口感等表现为：

吃面餐具一般常用细瓷大碗、长筷，小碟伴有多种调味料。

1.苏式面主要品种：

汤面（红汤、白汤）

炒面（硬炒、软炒）

拌面（热拌、冷拌、卤拌）

风扇凉面（夏季）

煎面（两面黄，以盆装呈现）

另有烩面、锅面等

2.苏式面汤口：苏式面讲究面汤，常说唱戏听腔，吃面靠汤。苏式面汤常用猪骨、老母鸡、鳝骨、火骨等，大火煮沸，小火熬制数小时，汤清味鲜，行业中称为吊汤。其所用原材料各店略有不同，一师一法，有的店吊汤时，用上螺蛳，有的加入鱼骨、火腿等，各家都有各家秘方，形成不同特色。

3.苏式面里助汁：在苏式面中，每碗面要“小料冲汤”，即在面碗中先加入一匙助汁，也称作“母卤”，才能加入面汤。助汁是采用烹制焖肉时留下的汤汁，再加工，加入调味料，提升咸鲜度。前辈面业师傅称助汁是一碗面的灵魂，可见助汁在苏式面中的重要性。苏式面的面条是一种碱水面，有增香、增加劲道的功能。

4.苏式面式样：有宽面，苏州人常欢喜一种小阔面，如韭菜叶相仿；

有细面，还有一种更细的面，称为龙须面；

有棍子面，如同筷子粗细，常用来作炒面之用。

旧时苏州大一点的面店，生面面坯都要自己加工制作，有的面粉里加入鸡蛋，有的加入鸭蛋清。面中碱水加入多少按不同季节都有变动，根据各店各自要求，精细加工，经手工“和、揉、压、切”四个环节，自成一体，日产日清，生面条的质量全部控制在自己手中。

5.苏式面的呈现：面条煮熟后在碗中必须有形，称为“鲫鱼背”，微微隆起，像木梳梳理过一样。其操作手法使用巧劲，全凭手上功夫。面条在沸水中煮熟后、用筷子划入抓篱（俗称观音斗）里，在空中甩净面汤水，不拖面条，轻轻放入面汤碗中，才成有形。面条分软硬度，一般称：

硬面（俗称一窜头）

软长（面长又不烂，有劲道）

烂面（面条煮的时间长）

6.苏式面的浇头：苏式面对浇头历来都十分重视，在苏帮菜“不时不食”的基础上，各色浇头注重时节变化，应时出品时令浇头。面浇一般有两种，一种已制作好浇头，如焖肉、焖蹄、爆鱼、爆鳝等，还有许多为现炒、现爆的浇头，如三虾面、三鲜面、蟹粉面、三虾面、鳝糊面等。浇头一般的呈现方式称为“过桥”，即把浇头放在一只小盆内，配着面送上来。老苏州人还欢喜把浇头放在面底下，称为“底浇”。2018年苏州在一次评比浇头中创下了吉尼斯纪录，共有518碗不同浇头出现在评台上！

7.苏式面的调味：

苏式面十分重要的一个环节是调味，苏式汤面分成红汤、白汤，汤里放入蒜叶，根据食客要求，可“重青”（葱蒜多一点）、免青（不放葱蒜）。除此之外，吃苏式面时，老苏州人常要吃姜丝，吃时在姜丝中加入些醋，味更好。吃白汤面时，在夏季还放些酒酿增鲜。常备的调味料还有胡椒粉、辣油、香油、糟露等，根据不同口味，不同面条加入不同调味料，提升口感，与面条相配，有些调味料直接放在餐桌上，让食客自选。

8.苏式面的主要特点：精致、汤鲜、面长、浇头时鲜多样。

一是食材时鲜，二是刀工精细，三是调味到位，四是注重火工。苏州面店下面时一般4—5碗一起下，下面水不停更换，一些面浇现炒与面配合好，掌握好时间，同时上桌！

三

来苏州吃苏式面，需掌握一些吃面方法，因为苏州人吃面“讲究”。

对店家来说，提供给消费者的面必须做到四热，即面碗热、面条热、面汤热、浇头热。

对食客来说，他们要知道：“只可人等面，不可面等人。”这是吃面守则。一碗苏式面上桌，白瓷青花碗里盛着琥珀色的汤，银丝般的面条卧于其中，承载的苏味味觉密码体现了江南文脉的灵动与匠心。

来苏州吃面时，先得告知吃白汤面还是红汤面，苏州人一般在秋冬选择吃红汤面，春夏时吃白汤面，也可根据各自爱好选择。吃面时还可根据自己的食量选择“轻面”（面条少些）或反之重面（面条量多一些）；面汤要多可说“宽汤”，面汤少些可说“紧汤”，或可选择拌面。浇头选择更多，可单浇即一种浇头，如焖肉面、炒肉面等，亦可双浇面，如鱼肉双浇，再者三浇，亦可变化多样。吃面的调味料有姜丝。一般的调味料餐桌上都有存放，可选择自用。时下的一些高档面馆，吃面时还会提供一些蔬果，搭配一些小食、酱品、卤蛋等，让你吃一个满意。

苏州面名声在外，苏式面讲究一个“味”，面汤鲜、面条长，浇头多变，原汁原味。来苏州吃上一碗正宗苏式汤面，才算真正来过苏州。

苏式面追求一个“细”：面条制作精细，面碗、筷匙都要精致，相配相宜，又方便使用。

苏式面品味一个“雅”：吃面环境舒雅，出品面条兼具颜值和风味。苏式面从过去的点心，逐渐演变为旅游休闲食品和主食兼备的美食，面条方便又养生，面馆也一改过去散乱的状态，装修典雅，环境舒适。有些面馆不仅供应各色时令面条，还有多种时令小食、点心，如拉糕、酒酿饼、青团、炒肉团子、绿豆汤等，方便食客选用。这些面馆不管是面条还是小食、点心都制作精良，花色繁多，时令性又强，特色鲜明。面馆一改过去营业时段，推出全天候服务，有的晚上还供应起“面宴”，冷菜、热炒、大菜、点心、甜品样样俱全。最后以一碗自家特色面收尾。多年前，苏州有关部门组织苏式面评选活动，推出“苏州十碗面”“苏式好面”等多种美食宣传推介活动，推动苏州式行业发展神速。苏式面已成为苏州美食文化的名片。

四

苏州特色面馆众多而且各具特色，来苏州吃面要选择好面店，而且要吃对该面店的看家特色面，主要有如下面馆值得去品尝：

1.松鹤楼面馆：此店供应苏式汤面中“卤鸭面”是其“起家品种”，每年夏季上市，秋季结束，传承历史已有270多年，另有虾仁面、鳝糊面等，受人欢迎；

2.朱鸿兴面馆：该店苏式面驰名宁沪线，著名作家陆文夫所著《美食家》里“头汤面”源于这家店，店中供应焖肉大面、爆鱼面十分有名，“冻鸡面”是该店名牌产品；

3.同得兴：同得兴面馆制作苏式汤面，有口皆碑，尤其是该店夏季版的“枫镇大肉面”，独领风骚；

4.陆正兴：该面店在苏州影响大，面馆遍于大街小巷，在供应各种苏式面中以传统“鸳鸯鳝面”“香糟鱼面”吸引食客，好评如潮；

5.姑苏桥：此店装修颇具艺术氛围，环境舒雅，供应各色面条精致，讲究有道，以“匠心猪肝”“鲃鱼面”“三虾面”等，均十分有名；

6.裕面堂：裕面堂坐落在阊门南新路上，店堂装点“古色古香”，又处在城河边上，苏式风味独特，其中以“三虾面”“秃黄油面”“蟹粉面”等，十分获食客青睐。

苏城还有其他著名的面：西园“素面”、吴江震泽老严面馆“酱鸭面”、常熟望岳楼的“蕈油面”“炒茭面”、张家港宴杨楼“白汤鱼面”、太仓双凤孟家“羊肉面”。还有，昆山刘锡安大师创制风靡市场“奥灶面”、相城区苏虞斋“爆鳝面”、姑苏区伟记“奥面”、裕兴记“三虾面”“炒肉面”、美味斋“爆鱼面”、琼琳阁“鳝丝面”、新聚丰“两面黄”、陆长兴“雪菜肉丝面”等数不尽数，都十分有名！

苏州一碗面从街巷中走来，一家店，一个行业，发展到如今已是百花齐放的盛景。苏州面行业的发展令人振奋，业态兴旺，在守正创新、不忘初心的指导思想下，应牢记苏州面来自街巷烟火气里。老百姓、消费者走得进去、坐得下来、吃得满意，才是一家好面店，才是一碗真正的苏式好面。不久前，江苏“米其林”榜单发布，苏州有七家面馆榜上有名，可见苏州面馆盛况空前，连国际评审米其林也如此青睐苏州面馆。近期有多家面馆在上海、北京、广州设店，仅松鹤楼一家在外开办面馆有100多家，还有一些面馆在日本、新加坡、英国、美国开店，走出去到海外发展了。如今，苏州面制作技艺被列入江苏省级非遗保护名录。

未来的苏式面必将走向更广阔的舞台，餐厅设计已融入古典园林各种元素，制面技艺新老交替，评弹、昆曲的加持，让吃面成为一种沉浸苏式文化体验，传统味道获得国际认证，冷链物流发展把苏式面带向全国各地及全球。

苏式面，千年江南一碗风雅！

我最乐意跑的菜场就是像葑门这样的菜场，还有部分露天菜市场，卖菜农户、商贩会聚集于此。近期到那儿，有南荡鸡头米、新鲜菱藕，有时还能买到刚上市的南瓜及南瓜藤嫩头，各类新鲜蔬菜亦应有尽有。

提篮去葑门菜场

葑门地处苏州古城东南，葑门横街菜场，被称为葑门菜场。就菜场来说，葑门菜场已是目前仅存的保持完整的老式菜场，那条石板铺成的横街两边商店鳞次栉比，有卖点心糕团的、老式卤味的，有卖饼馒的，苏州仅有的老式茶室也在那里。横街上摊点众多，热气腾腾的豆制品、农民自种的蔬菜、渔民捕到的鲜活鱼虾，那里都有卖。时令瓜果、外地来苏的各类蔬菜、南北货汇集于此。横街一头连着园区，以前称为石炮头、大荡里、黄天荡、金鸡湖，另一头接葑门城墙桥堍，横街中部后面连着菜场一部分，北面直达大马路上。葑门菜场中菜的种类众多，品质也好，且大多菜品价格低于其他菜场，因而吸引了众多百姓前来购买。

每天来葑门菜场买菜的人络绎不绝，碰到双休日、节假日更是人山人海。菜场，不管以什么形式出现，聚集人气是第一，由此也能评判出百姓的喜爱程度。我对菜场好坏的评价，主要看人气旺否，至于其地上有积水，路上有菜皮，旁边堆放杂物车辆，对农贸市场来说都极为正常，只要落市后有人打扫。不然不是菜场，而是大卖场。像我这样有菜场恋旧情结的人，时不时跑跑菜场，看看那里有没有“时鲜货”上市，听听那里大妈、大婶说话。这种菜场最接地气，与百姓生活息息相关。在这种菜场里讨价还价是一件乐事。许多商贩与你成了朋友，每次见面总会打声招呼，有时会介绍今天有什么好的食材出售，即使自己没有这样食材，也会热情推荐你到临近农民地摊上去。这种日常积累下来的友谊，也总会提醒我要去菜场看看他们。我感到正由于他们的守候，才有我们生活上的快乐。

我喜欢跑菜场，一直有这种情怀，也有其他多方面的原因。多年来，我家一直居住在菜场附近：读书时我家住牛角浜，旁边是城中最大的玄妙观菜场，有时提篮跟母亲去菜场买菜，上学、放学途经菜场，对菜场自小就感到亲切；成家立业后居住在马医科，旁边是马医科菜场；改革开放后一段时期，我居住在定慧寺巷，旁边是双塔菜场；我在松鹤楼工作时，用相当精力跑遍菜场采购货源，与那里的人打得火热；工作在商业局后分管市场，就有更多的时间来跑菜场，了解市场上蔬菜、肉等副食品的供应、价格、库存情况。

纵观我的工作、生活经历，与菜场一直有不解之缘，直至今日，去菜场对我来说仍是一件乐事。我老婆正好相反，她爱跑商场，一到商场会热情高涨，购衣买鞋，而我只感头晕。我去菜场则精神百倍，买这买那，好像永远不会满足。我最乐意跑的菜场就是像葑门菜场这样的，还有部分露天菜市场，卖菜农户、商贩会聚集于此。近期到那儿，有南荡鸡头米、新鲜菱藕，有时还能买到刚上市的南瓜及南瓜藤嫩头，各类新鲜蔬菜亦应有尽有。横街上水产摊品种总是全城最齐全的，有各类水产品鱼虾、湖鲜，有时还能买到野生泥鳅、山鸡。那里还有一批可以为你做加工服务（如出虾仁、划鳝丝、做鱼圆、氽爆鱼等）的人，她们手脚麻利，不停招呼顾主，算账、找钱都很快。另有宰杀鸡、鸭、鹅等加工服务项目。现今要吃上活禽已不易，而活禽在葑门菜场有多种摊点，挑选余地大。

在横街，我购买自己喜欢的食物。横街店铺门口总有一些特色熟食摊点，供应油氽花生、卤鸡、烤鸭等，在那里还能品吃一些老味道，如特色大饼、苏式糕团、盐水鸭、糟鹅、老式卤大肠、美味猪头肉、白切羊肉、油氽小杂鱼、五香牛肉、牛肚等等。最能吸引我的是一些特有食材及美味佳肴：刚出锅现氽现卖的油氽慈姑片，金黄色彩，松松脆脆口感，淡淡苦味中有咸味，回味却是丝丝甜味。现做现卖的蛋饺、肉圆及各种鱼圆。摊主一边宰杀活鱼，一边制成鱼茸，打入锅中做出鱼圆现卖。此种鱼圆可与配料炒着吃，亦可做成汤菜等，鲜嫩可口。现氽爆鱼，随到随氽，服务到家。有时在那里还能找到一些零散的、大众喜欢的食品，如水发油氽肉皮、笋干、开片风肉、火腿、鲤片、鳗鲞、海带、海蜇等等。一些家常调味品及大米、豇豆等，也是到处都能找到。

目前我已退休，在市烹饪协会工作，从事苏帮菜研究，致力于提升苏州饮食文化。我一直记得，就苏州餐饮企业来说，餐饮大厨、总厨要常跑菜场，了解行情，了解当前时令食材是什么，以采办供应市场。吴地饮食，不时不食，与食材关联度大。清代袁枚一直主张一席佳肴四分食材，六分烹调。古人即有此认知，而今我等不能放弃此主张，要想方设法寻找特有的、新鲜的食材制成佳肴供应市场。我真希望像苏州这样的古城，葑门这种菜场能原封不动地保留下来，那种市井生活、苏州滋味，不要随着城市开发不断去改变，不要把菜场都改造成那种千篇一律的大卖场形式。有时我也去大卖场买菜，但如同吃罐头食物一样，感觉木然呆板，全无旧式菜场那种气息。也许我的思想感受落伍了，但还是觉得这种菜场仍是我们吴地文化的另一种表现形式，理应加以保护、延续。

苏帮菜的色香味形，一直为人们所称道。苏帮菜的色香味形透出了苏州人厨艺的『讲究』。讲究什么？精细。苏州人讲究『食不厌精，脍不厌细』，这是受苏州特有的地理的影响和人文的熏陶而形成的。历代吴人『尚滋味、懂生活』的追求，成了苏帮菜发展的源泉。

东南佳味苏帮菜

饮食虽为果腹之需，是生存之必须，但久而久之却成了一种文化，成了一种艺术，也代表了人类的文明。中国历史悠久，饮食文化自然也源远流长，逐渐形成了其特有的享誉世界的烹饪技艺，这就是中餐，也就是“中国菜”。

中国菜，根据地理分布情况，分为四大菜系（或称八大菜系）。公认的“四大菜系”是指：川菜、鲁菜、粤菜、苏菜。其中“苏菜”指的是江苏菜。江苏菜中又有四大地方特色流派，即淮扬菜、金陵菜、苏锡菜、徐海菜。业内人士一直把苏州菜俗称为“苏帮菜”，历史上称之为“吴地菜”，其覆盖面亦不小，特色明显，自成流派。

苏州的烹饪技艺可追溯到帝尧时代，春秋战国时期，已有“吴越之地，稻饭羹鱼”之说。在苏州的考古中发现，吴县草鞋山、澄湖，昆山赵陵等地发掘出大量的炭化谷粒、稻壳堆，蚬、蛏、蛤等介壳堆积，还有些地区在陶器、青铜器中发现有大量的猪骨及鸟类骨架，还有作为日常用具的多种鼎、钵等烹饪陶器。由此可见，吴越地区讲究饮食技艺至今已有好几千年了。商周时期，吴人已懂得多种食疗方法，如用橘子皮治病："食其皮汁已（愈）愤厥之疾。"在随后出现的古菜谱中有记载，鱼脍、鱼鲊中用橘皮调味增香，体现出苏州古人高超的烹鱼技术，因而有"吴人善治鱼，也善食鱼"的说法。春秋时期，苏州"炙鱼"名闻天下。史料记载，吴王僚喜欢吃"炙鱼"，公子光为刺僚夺位，派专诸去太湖边学做"炙鱼"，"三月得其味"。最后，专诸在"炙鱼"中藏鱼肠剑，乘给僚献"炙鱼"时，一举将僚刺杀。专诸游学，学的是"炙鱼"的烹饪技术。《楚辞 · 招魂》中提到的吴羹、吴酸蒿蒌、柜敉蜜饵等颇负盛名；晋代张翰见秋风起而思念家乡（吴中）的菰菜莼鲈，成为千秋佳话；《清异录》中记载了唐代在吴越地区有一种叫"玲珑牡丹鲊"的菜，风行一时；隋《大业拾遗记》提到苏州进贡长安、洛阳的"蜜蟹拥剑"，有香而不俗、甜而不腻的独特风味。宋代开始有了南食和北食之名，苏州制作的花露被大量载入各类书稿中，苏州产福珍酒等名酒和碧螺春等名茶一直受到人们的追捧。南宋诗人陆游称颂苏州菜点"酒如清露鲊如花"。元代苏州人韩奕所写《易牙遗意》序中提到"今天下号极靡，三吴尤甚"（三吴以苏州为东吴、润州为中吴、湖州为西吴），《兰舫笔记》中说"天下饮食衣服之侈未有如苏州者"。明代，苏州的餐饮发展迅猛，尤其厨师力量倍增，一些名厨纷纷到外地开店传艺，明《旧京遗事》就记载"今京师庖人，多苏州人也"，苏州菜一时间传遍大江南北。

历史上，苏州菜点一直被称为“东南第一佳味”。明清时代苏州菜进入全盛时期，名宴菜、船菜、寺院素菜等名声大噪。清袁枚的一部《随园食单》就记录着大量的苏州菜肴。另外，《红楼梦》《金瓶梅》等文学作品中对苏州菜也有大量记载。那时，苏州官府菜、乡绅菜受到很大推崇，甚至被送入宫中，成为宫中御膳。《清稗类钞》中说，肴馔之有特色者为京师、四川、广东、福建、江宁、苏州、镇江、扬州、淮安。从中不难看出当时苏州菜在全国的地位。纵观饮食历史：苏州菜始于先秦，成于汉唐，行于宋元，盛于明清，历史悠久，源远流长，独步天下！

苏帮菜的色香味形，一直为人们所称道。苏帮菜的色香味形透出了苏州人厨艺的“讲究”。讲究什么？精细。苏州人讲究“食不厌精，脍不厌细”，这是受苏州特有的地理环境的影响和人文的熏陶而形成的。历代吴人“尚滋味、懂生活”的追求，成了苏帮菜发展的源泉。吴中，从古至今的一大批有识之士、文人墨客都以能吃到“苏菜”为荣，从而推高了苏帮菜的声誉。苏州历史上，一些高士名人往往都与“苏菜”的菜名相连，如炙鱼专诸、莼羹张翰、渔舟范蠡、甫里鸭馔、寓菜小宛、中馈芸娘等，这些菜名与人名，都有一个足以让苏帮菜流传千古的传奇故事。一些文人以“筑室种树逍遥自得，灌园鬻蔬以供朝夕之膳”，来实现他们的“隐逸”生活，在他们的笔下，苏帮菜的菜谱或菜名往往以各种形式被“记录”了下来。所以，当苏帮菜发展到明末清初，达到空前高度时，诸多文章中，只要一提到苏帮菜，就会用类似“名闻遐迩”等词语来形容。清代苏州人顾禄《桐桥倚棹录》中记载的菜点就有一百七十四种，还有一些宴席，包括苏州餐船、“沙飞船”的供应方式、特色。顾禄在《清嘉录》中记述了苏州风土人情及富有情趣的饮食风俗，这些记载，引人入胜，无意间助推了苏帮菜的发展。因而，苏州一直被世人称为“人间美食天堂”。

经几千年的社会发展，苏帮菜形成了层次分明的不同系列：宫廷菜、官府菜、乡绅菜、酒楼菜、家常菜、船菜。苏帮菜除了上述六个方面外，还有养生菜点药膳，寺院庙观菜中的素菜、素斋等。另有制作精细、口味精到的书寓菜，曾风行一时。丰富多彩的菜式层次——从宫廷到官府、到社会、到百姓家、到船舫的佳肴组成了基础深厚的苏帮菜。

苏州是鱼米之乡，因而，食材也就十分丰富：“春有刀鲚夏有鲥，秋有肥鸭冬有蔬”，“红苋紫茄种满吴兴之圃，绿葵翠薤殖盈姑苏阜之区”。赵筠的《吴门竹枝词》说：“山中鲜果海中鳞，落索瓜茄次第陈。佳品尽为吴地有，一年四季卖时新。”苏州厨师充分利用得天独厚的地理环境所提供的独有的食材，不断改进传统的烹饪技术，创造了许多独有的名菜佳肴，形成了“使一物各献一性，一碗各成一味”的特色风味。苏州菜具有清鲜、时令、养生且讲究风雅等特点，被誉为“天下至味”文人菜。

苏州人做菜，要求高、时间长、准备充分，哪怕是家庭主妇做的家常菜也从不马虎。他们讲究选料，讲究刀工，讲究火候，讲究口味。讲究，讲究，一路讲究，讲究在做菜的整个过程中。有人说苏州菜甜，其实苏州菜里这份甜，不是简单糖罐子里的甜哲学，而是水乡温柔的表达。在苏州，一般红烧菜带有一点甜味，其他的菜一点不甜，在烹饪讲义上苏州厨师有着对甜的守则：用“三分糖吊出九分鲜”，用糖是为了“提鲜”。苏州春时一块酱汁肉，经三小时慢火烧制，让冰糖与肉香丝丝入扣，清炒虾仁、清蒸大闸蟹其肉质带着天然一丝甜味，最甜蜜汁火方也用水果、陈皮、话梅等平衡滋味，这种甜是对鲜味的极致追求，甜味能引导出“多巴胺”，让人感到愉快，有幸福感。西餐上也常用甜品作宴席最后一道菜点，称为“封口”。

制作苏帮菜，除在烹饪环节中十分讲究外，其配料和用水也是十分讲究的。如为了使菜品具有“多味”性，烹调时，准备的调味品也多如：伏酱、陈醋、秋油、鲜糟、笋油、酒酿、虾酱等，不一而足，而且要选用本地产的正宗调料。旧时，烹调不用料酒，只用酒酿去腥，效果奇佳。

还有烹调用的水也是不能随便的。旧时，菜馆、大户人家均用近郊山中泉水，称为饮馔之水，烹调时讲究为“第一要素”。如果家中没有泉水，就用井水（旧时，苏城的井甚多，即便达不到每家每户有井，但每户人家都能用到井水）；但井水也不能随便用，须是清晨将井水打出，经沉淀后才能用。苏州的百年老店松鹤楼就有一口井叫“蟹脐井”，著名的苏州“卤鸭”就一直使用这口井的井水烹制，成为一大特色，经久不衰。

一品品具有浓郁苏州风味的苏帮菜烹饪完毕，并不表示苏州人会就此松懈他们的“讲究之道”；他们还将在菜品名称、所用餐具和分量上继续“讲究”。

菜品名称须形象地表达其高雅、有好口彩的寓意，透出苏州人深厚的文化修养，以合主人或者顾客的心意。所以，苏州菜中有“松鼠鳜（苏州人常写作‘桂’）鱼”“樱桃肉”“春光迷人”（实为麻油拌笋尖）、“豆瓣汤”（取塘鳢鱼头部两颊上左右两片指甲大小的肉，其形状像豆瓣，故称豆瓣汤），听听这菜名，就让人食欲大增。而所用的餐具器皿花纹形态要与宴席的主题相符，而所出菜点，在装盘时的形态要与器皿形态相辅相成，这样可使菜品从色彩到形态达到和谐的最高境界。而瓷器餐具还讲究窑口、产地，苏州人家（有点地位的人家）一般都用景德镇的细瓷。在苏州吃饭从来不只是果腹，而是风雅文化体验，一席苏宴，观其食器，似是吴门画派的白描；看摆盘，似是园林换景的巧思；品菜肴，似有苏式刺绣的精致。在苏州，老苏州人清晨会到老面馆里，品吃“头汤面”，大妈、大姨们会到葑门横街购买水淋淋的“水八仙”，在“不时不食”信条里追寻最朴实的苏州味道。

家宴以一桌为限，菜品道数不多。酒楼、饭店每品菜肴准备的量亦不多，售完即尽，称尝尝味道。此举一方面是力求食品新鲜，确保味美；另一方面，也有“数量有限，尝鲜从速”的广告意味。

就餐、宴请的厅轩须是明堂，窗明几净，雅淡适宜。厅堂内须有“四香”：餐桌台面花香（插花）、墙壁墨香（挂字画）、送茶时茶香（本地名茶）、洒酒时酒香（本地名酒）。上菜时，送菜的人，手不能接触菜点，一般都用菜盘（木制方盘）上菜，有的用菜盒、菜篮。

陆文夫先生在《美食家》一书中曾复原过这样的苏州家宴。书中提到的孔碧霞不仅治家是能手，也能烧得一手好菜，她在家中亲手烹调一桌菜肴，让大家大加称赞、叹为观止。

这才是吃一席正宗苏帮菜的味道。

苏帮菜具有一个完整独立的体系，区别于其他菜系，更不从属于哪个菜系，其旺盛的生命力扎根在悠久的吴文化里，丰饶的食材，精湛独特的厨艺，造就出丰富多彩的四季名菜、名宴、名小吃等，形成江南特有的“苏味”，又给人们提供了优雅舒适的饮食艺术文化空间，彰显出苏州人精致生活的底蕴。而今苏帮菜制作技艺已被列入江苏省非物质文化遗产保护名录，说到底，苏帮菜还是苏州人民的一份财富。

在吃食的江湖上，我一直自作主张，固执地推行苏帮菜，不去其他地方，专选有地方特色的餐厅品吃。这次鬼使神差地被朋友领去一家地处平江路、小巷深处的私人定制食肆。这里既无门牌又无店名，到这个食肆就像到家一样。

美味从这里出发

美食圈内的朋友极力推荐我去一个地方品尝时尚菜肴。在美食的江湖上，我一直自作主张，固执地推行苏帮菜，不去其他地方，专选有地方特色的餐厅品尝。这次鬼使神差地被朋友领去一家地处平江路小巷深处的私人定制食肆。这里既无门牌又无店名，到这个食肆就像到家一样。天井、矮墙、客堂、花厅、厢房，所谓的餐厅在一个隔厢内。那儿放着木制长台、木椅，靠墙的供桌上放着鲜花、书籍、镜架、照片，两边墙面裸露着大片的砖墙，给吃食增添了几何图案的遐想。几盆鲜花随意摆放在餐桌上，墙上有几幅现代派绘画作品。这环境既像家，又像餐厅，又像书房，在素净中不失文艺范儿，展示出店主雅致的书卷气。

这次用餐，朋友早已预订了。这儿没有菜单，也没有菜名，厨师做什么就吃什么，一切随厨师心意，真像陆文夫先生说过的“在苏州吃饭是吃厨师”。等了很久，终于上菜了，头菜是一盆沙拉，红红绿绿的各种蔬菜被切细拌匀，那白色鸡蛋白片也跃然其中。在沙拉酱的调和下，蔬菜的酸、甜、苦、涩尽显，足量的橄榄油散发清香，飘逸在整个屋内。还未开吃，我的脑神经就已感受到菜的滑爽清口。

那只墨青色碗中盛放着的葱油南瓜甜糯可口，葱油肥香，在吃食过后还在舌尖留下丝丝辣味，真乃复合味中的奇品。在我回味南瓜奇味时，一盆奶油大虾上桌了，在洁白奶糊里泡着的虾球配上碧绿的芦笋，似西菜做法又有中餐烧法，倒也十分大方。此菜入口肥腴鲜香，鲜奶、芦笋、虾球三者完美结合，别出心裁。

竹笋炒猪肝原想应是酱香味十足的炒菜，端上桌后，只见盆底溢出辣味的红油，顶端放着颗粒状的青花椒，那吃口真叫一个麻辣呀！虽然朋友一直提醒吃此菜要当心强烈的辣味及椒麻感，但我还是被辣得额头出汗、舌头蜷缩，真是“贪嘴不留穷性命”。另有一盆牛油果拌牛肉粒，茴香味十足，甜糯中另有一种鲜腻腻的口感。姜香烧肉，那姜片味透焦香，切片的猪肉肥美香浓。此菜还加用鱼露烧制，充满鱼香味，风味独特。豆腐烧鲈鱼，呈棕黄色，鱼身上盖满香菜及紫苏叶，鲜香诱人。虽然味道鲜辣，但这鲜鲜的、辣辣的、凉飕飕的味道，倒是十分美味，那几块鱼中的豆腐尤为入味。另有一碗原汁鸡汤上桌，人手一份。那汤清澈见底，上面漂着金黄色的鸡油花，不放任何调料，连盐也不放，执着地追求原汁原味。此汤看似淡薄，但充满鸡香味，开发出我舌尖上另一片味觉天地。

那天吃了许多在我看来很另类的菜，那些菜似川菜，似湘菜，似苏菜，似西菜……其实都不是，只是那位叫“旋子”的女孩自己喜欢做的菜。在我看来，旋子还十分年轻，所以可称她是一个大女孩。她是江苏人，生在盐城，长在北方，生活在南方。她长得胖乎乎的，脸上总是泛着红光，好像永远充满着幸福感。她辛勤直率、个性突出。她做的菜是自己亲手调制研发的菜肴。她曾是文化达人，也是美食追随者，对美食有自己的独到见解，也游走在国内、国际美食前沿，开餐厅纯属是因为她爱好美食。

据我所知，她的菜品力求体现材质本味，主题突出，力求精细，不惜工本地采购优质食材。在制作技艺上也力求体现菜肴原味。我在这些吃食中吃到的不仅是菜肴本身的味道，更多的是品出她对菜品的理解及她的人生阅历。她的餐厅每天仅接待三十来位客人，每天仅做夜市，几乎天天客满，在网络上已走红多年了。

这次用餐，对我这样的老苏州人来说，味道是完全不对口的，但也有一种新异感。原本饮食文化就一直倡导多元化，菜品也须不断创新、改变，跟上时代节奏。人们喜欢的菜品就是市场需求。

人生活在当今社会中，总要享受现有的多彩丰富的物质生活。在吃食上，人们换换口味、换种吃法被称为“时尚”生活，也许那里的菜适合年轻人、白领、新苏州人等。这家餐厅的菜在一定程度上丰富和发展了苏州的餐饮市场，符合更多人的需求，推动苏帮菜的创新。我想，或许明天的苏帮经典菜也会从这家餐厅走出来。

十年立雪　辱教师门（代跋）

忽然接到师父华永根先生的电话，命题作文，要我为他老人家的新书《苏食记》写一篇跋——这不是要我狗尾续貂、佛头着粪吗？后生辈情何以堪！尚未入伏，我在空调房里已经汗出如浆了。

先生少壮以"回城知识青年"身份入职松鹤楼，历任松鹤楼店主任、苏州市饮食服务公司总经理、苏州市商业局副局长、江苏省烹饪协会荣誉会长、苏州市烹饪协会会长、苏州市饮食文化研究会会长，浸淫苏州餐饮业五十余年，近年苏州饮食文化之光大，先生居功甚伟，众望所归，齿德俱尊，允称当代美食大家、苏菜泰斗。

我滥竽先生门下十有余年，每逢春秋佳日总要去苏州走走，一来问安，二来恭请老人家安排几场饭局，以领略苏帮菜的风光。蒙先生不弃，至少出席一次，耳提面命一番，下愚如我，亲炙謦欬之余，偶尔也能有尺寸长进。师父进京，同门张少刚兄一定要略备薄酌，我随侍左右，常得叨陪末座，欣赏少刚及门弟子的京鲁菜绝技。

自东晋南渡、开辟江左以来，中国的经济、文化重心逐步从中原南移，明清两代，长江三角洲一带遂成“东南财赋之区”，亦是文化中心。尤其是苏州，人称“鱼米之乡”，通江济海，河湖纵横，舟楫往来频繁，精耕细作，桑蚕锦绣，物阜民丰，工商繁荣，文风素盛；英雄豪杰，状元宰相，才子佳人，能工巧匠，层出不穷；文采风流，为诸夏冠。

姑苏物产之盛，亦独步江南：杨梅枇杷，园蔬山笋；银鱼紫蟹，青虾红菱；碧螺飘雪，丝莼浥露；汤重鲃肺，鲈夸四鳃。从官宦商贾到文人墨客，乃至升斗小民，几乎无不讲究生活艺术，席丰履厚之余，免不了馔玉炊金、饫甘餍肥，从苏灶、船菜到汤面、糕团，形成了历史悠久、风格独特、底蕴丰厚的饮食文化体系。

余生长于北京，1990年第一次到苏州，登松鹤楼，结缘苏帮菜盖有年矣！但毕竟不是本地土著，斗胆谈一点浅薄的体会，就教于大方之家。个人最欣赏、认为比较能体现苏帮菜特色的是如下三道菜品：

一为清风三虾，代表了苏帮菜清新、典雅、细腻的风格。端午前后的太湖青虾处于产卵期，此时的雌虾腹下有虾子，头内虾脑（头部的卵块）变硬；厨师不厌其烦，洗出虾子，挤出虾仁，从煮熟的虾头中剥出虾脑，合称“三虾”。以“三虾”合炒，衬以新荷叶，即“清风三虾”。虾肉粉白，虾脑鲜红，褐色的虾子星星点点，散布其间，入口清鲜嫩滑，无与伦比。再想到一盘“三虾”背后的细致手工和厨师的巧思，不禁慨叹久之。

二为松鼠鳜鱼，号称苏州第一名菜，主要考验厨师三项功夫：

整鱼剔骨，剞出菱形刀纹，深至鱼皮而保持鱼皮完整；将鱼炸成松鼠形，鱼肉金黄，外脆里松；调味做到酸甜适口，底味有咸味而不显，使甜味不腻，酸味不浮。一道菜在刀工、火候、调味都有相当难度，绝非浪得虚名。三十五年前，我初登松鹤楼，首选也是松鼠鳜鱼，吃得痛快淋漓，今日思之，余味犹存。

三为五件子砂锅，中餐烹调有一个习惯——故意把一些本来脂肪含量高的食材或油炸的菜点烧成酸甜或甜味，比如北京的抓炒里脊、淮扬的樱桃肉、四川的甜烧白、广东的咕噜肉、上海的八宝饭、宁波的黑洋酥汤团、苏州的猪油年糕等，不是以咸而是以甜来解决油腻的问题，使人食之有味。法国肥鹅肝的传统吃法与之类似——可配樱桃、葡萄、草莓、芒果和非常甜的充满鲜花、水果、蜂蜜、蜜饯、坚果香味的波尔多苏玳（Sauternes）贵腐甜酒。有人以健康为由，认为这类重油重糖的菜点应该改良，我以为大可不必——这些“作品”从美食角度看，经典、完美得无懈可击，“少吃几口”就是最好也最简单的“改良”；况且，在烹饪艺术层面，后人远没有达到前人的创作功力和审美能力，大可不必妄作更张。

中餐各菜系都有几道大俗大雅、似俗实雅、粗料精做的名菜，如川菜的红烧牛头方、鲁菜的九转大肠、淮扬菜的扒烧整猪头，苏帮菜的五件子砂锅亦可跻身其间而无愧。所谓“五件”者，不过是整只的老鸡、老鸭、鸽子、蹄膀各一，加上一块整火腿而已。做法是将其分别治净、飞水，置于一个大砂锅内，小火慢慢焐出一锅清澈见底的汤——几乎不加调料。听着简单，其实从选料到制作，细节讲究甚多，非常麻烦。所以，在苏州，即使有此能力，若非懂行的熟客提前预订，餐厅也不愿意伺候；况且还要约上一桌识货的食客共赏。

最近一次吃五件子砂锅是在新梅华旗下的半庭嘉宴，由金洪男师兄负责提调。锅盖掀开一看，真个是汤清如水，上漂星星点点淡黄的油花，鲜而不腻，淡而不薄，醇厚甘香，兼而有之；食后余韵悠悠，清鲜满口，久久不散。

一桌盛宴，永根先生亲自坐镇，纵横谈笑，满座风生。按照中国的传统算法，今年恰逢先生八十大寿，老人家精神矍铄，望之如六十多岁的半老书生，而且行动敏捷，思路清晰，每一两年都有新作付梓，无论质还是量，我们这些后生小子皆望尘莫及。

庾信文章，老成典型，咳珠唾玉，沾溉后人，愿先生文章不老，鹤寿松龄。

受业　戴爱群于燕京蒲庵

乙巳初夏

后记

《苏食记》这本书与广大读者见面了，是我近几年以来在报纸、杂志上发表过的文章，连同还未发表的，汇集在一起出版了。文章大多是我在吃食上的感悟，对味道的记录，也有一些“旧文散语”作出新的表述，以此作为对这座城市的饮食追加认识，说不上“逸趣佳作”，仅是一个老苏州饮食人的心声流露，文笔泛泛，可作茶余饭后的谈资吧！

我已出版过类似图书四本（苏州饮食文化丛书），有《苏州吃》《姑苏味》《食鲜录》《华食经》，这本《苏食记》为第五本，似俗话说的“五子登科”，成为完整的一套饮食文化丛书。以此书作一个小结，画上一个圆满句号，也算对自己有了一个交代了。当下纸质图书销量一路走低，可我仍“老脑筋”总有一种抹不去的情怀，书页的手感总在心里，书本文字中的解读，时不时让我回味，书存放愈久，

"书香"愈浓！故我还写作出书呀！其实我已到了该搁笔的时候了，但那股"自恋"劲仍推动着我不断前进，也只能任其自然了！

此书的出版得众多好友、同仁及江南美食基金会等相关部门的支持帮助。苏州著名书画家沈民义先生为此书绘制插图、著名书画家钟天铎先生为此书题字、著名篆刻家白榆先生为此书"苏食记"篆章一枚、上海著名美食作家沈嘉禄先生为此书写序，苏州古吴轩出版社的领导、员工日夜辛劳于编辑、排版等工作，在此表示衷心感谢。北京李客涵先生为此书治印数枚，京城门生戴爱群为此书作跋。苏州市烹饪协会的领导及工作人员大力支持此书出版，也为此书打印、寻找资料出力不少，在此一并表示感谢。

由于时间急促，《苏食记》这本书中仍有许多不足之处，或是漏、误之说，敬请广大读者、行业同仁指正。

华永根

2025年3月